Sophia Fritz
Martin Bechler

Roman

kanon verlag

Für fachkundigen Rat bei den Weinempfehlungen bedanken sich die Autor*innen herzlich bei Carsten Henn.

ISBN 978-3-98568-017-7

1. Auflage 2022
© Kanon Verlag Berlin GmbH, 2022
Umschlaggestaltung: Anke Fesel / bobsairport
Herstellung: Daniel Klotz / Die Lettertypen
Schutzumschlag gedruckt im Letterpress-Verfahren
auf einem Heidelberger Cylinder, Baujahr 1954
Satz: Marco Stölk
Druck und Bindung: Pustet, Regensburg
Printed in Germany

www.kanon-verlag.de

Sophia Fritz
Martin Bechler
Kork

Inhaltsverzeichnis

DRITTENS Ein Tinnitus vom Urknall

VIERTENS Schusswunden notdürftig verarzten

FÜNFTENS Das Ende einer durchrasierten Zeit

SECHSTENS Rondò Veneziano in einem puffigen Theater in New Orleans

SIEBTENS Auf der Rückseite etwas wiedererkennen

Kannst du das spüren
Heiliges Fernweh
Siehst du die Sonne und hörst du den Regen
Stunden um Stunden
Traust du dich fliegen
Greifst du die Tiefe
Wann willst du landen
Wann willst du landen
Und wer wird dann wohl bei dir sein

Die These der Macht

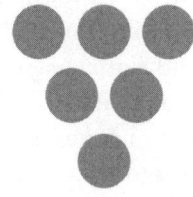

In meiner Weinstube sitzen die Teilnehmenden einer Studie. »Die These der Macht«, hieß dieses Papier. Über achtunddreißig Seiten lang hatte ich ausgewertet, wie oft man als Thekenkraft die Gäste anlügen konnte und wie lange es dann noch dauerte, bis sie kein Trinkgeld mehr gaben.

Die Teilnehmenden wissen nicht, dass sie Teilnehmende sind. In einer Weinstube tun immer alle so, als wären ausgerechnet sie in der Lage, auf alle anderen ein wenig distanziert herabzuschauen, nur weil sie auf einmal ein handgeblasenes Glas mit Rotwein in der Hand schwenken und sich lächelnd in den Feierabend seufzen können.

Sie sitzen breitbeinig auf ihren Barhockern und schauen aus dem großen Fenster des Bacchus nach draußen, wo andere Menschen vorbeieilen, dort das Treibholz, hier die Stammgäste mit Jahresringen, Eheringen und Tränensäcken.

Bevor ich vor einem Jahr anfing, im Bacchus zu arbeiten, hatte mich die Besitzerin beim Vorstellungsgespräch gefragt, ob ich mich denn mit Wein auskennen würde.

Klar, hatte ich gesagt. Ich war neu in der Stadt und hatte für eine Wohnung die Zusage bekommen, deren Miete knapp über meiner Schmerzgrenze lag, und für die Kaution hatte ich mein Erspartes aufgebraucht.

Die Chefin hatte den Tresen geputzt, während ich danebenstand. Sie nannte das: Einarbeiten.

Warum kennst du dich mit Wein aus, fragte sie, trinken Studentinnen nicht lieber Bier?

Bacchus, dachte ich, war das nicht ein Gott, und wie hatte der ausgesehen, wahrscheinlich nicht so wie die Besitzerin, Ende sechzig, mit kräftigen Armen und Gummistiefeln für die Spaziergänge mit den Hunden, mit Kippen, deren Schachtel sie sich in die rechte Socke gesteckt hatte. Wenn ich dachte, sie würde sich gerade die Schnürsenkel zubinden, holte sie nur eine Zigarette aus Knöchelhöhe hervor. Ich fang ja erst an zu studieren, sagte ich, und Birgit schwieg und fuhr mit diesem Lappen Kreise, bis ich ihr erzählte, dass mein Vater Winzer sei.

Wirklich, fragte sie.

Nein, dachte ich, aber ich dachte auch daran, dass sie vierzehn Euro die Stunde zahlen würde und ich die Toiletten nicht mit putzen musste.

Ja, sagte ich, ein Winzer in Rheinland-Pfalz, und dann redeten wir über Neustadt an der Weinstraße und darüber, dass ich erst mit Riesling und dann mit Grauburgunder aufgewachsen war und dass der optimale Zeitpunkt des ersten Vollrauschs wohl die eigene Kommunion sei. Bis dahin ahnte man noch nichts dieser ganzen Wucht, mit der das Leben zuschlagen konnte, noch nicht in dem eigenen Selbsthass der Pubertät gefangen und von der Midlife-Crisis der Eltern umklammert, war der Weiße Sonntag ein optimaler Anlass für ein erstes und einzigartiges völlig blauäugiges Blausein. Auch als Elternteil kann man sich da im Nihilismus üben, sagte ich zur Wirtin, die Phase, in der man die Familienfeiern nur noch betrunken ertragen kann, wird so oder so auf alle zukommen, da sollte man die ersten Erfahrungen doch besser zu Hause machen als auf der Beerdigung von Tante Berna in Niederdreisbach, oder?

Wissen Sie, sagte ich, meine Liebe zu Weißwein begann genau dort, als ich als Kommunionskind x-beinig und pausbäckig mit einem paradiesischen Kranz Trockenblumen auf der zerzausten Flechtfrisur auf dem Sofa im Wohnzimmer lag, bis obenhin voll mit Sahnetorte und Grauburgunder, eingewattet, angeheitert und von Gott geliebt.

Und deine Eltern, fragte Birgit. Sie sah mich nicht an, während sie das fragte, und begann nebenher die Kaffeemaschine zu reinigen. Die grauen Haare fielen ihr ins gerötete Gesicht. Das Bacchus war wohl die einzige Gastro der Stadt, die ihre Plörre in 0,1 oder 0,2 ausschenkte und nicht in Achteln, Vierteln oder Halben. Die Hausweine waren okay, und im monatlichen Wechsel wurden ein paar Modeweine der Saison mit auf die Karte genommen.

Meine Eltern haben nichts davon mitbekommen, sie waren nur froh, ein Fest veranstaltet zu haben, auf dem niemand nach drei Gläsern Wein versucht hatte, die Vor- und Nachteile der großen Koalition zu erklären.

Bist du sicher, fragte die Ladenbesitzerin und lachte verraucht. Über der Siebträgermaschine hing ein Blechschild, dessen Aufschrift mit einem schwarzen Edding in IN VINO CARITAS abgeändert worden war.

Wegen meinen Eltern, fragte ich, aber sie winkte ab und sagte, ist gut, Mädchen, du kannst Montag anfangen.

Erst später habe ich verstanden, dass sie meine Lügen durchschaut haben musste und mich sowieso eingestellt hätte, Birgit hatte einfach eine junge Kellnerin gesucht und ich einen Laden, der in einer Seitenstraße lag.

Mit der Studie habe ich erst angefangen, als ich schon eine Weile lang im Bacchus gearbeitet habe. Ich fand es in Ordnung, niemandem davon zu erzählen, weil ich Psychologie studierte und weil ich immer dieses dankbare Gesicht machte, wenn manche älteren Gäste mir zuzwinkerten und dann besonders viel Trinkgeld gaben.

Wenn ich an einem Abend dreißig Gäste hatte, stellte ich dreißig Diagnosen an und servierte ihnen nicht das, was sie wollten, sondern das, was sie brauchten.

Jeder hilft da, wo er kann, dachte ich, und andere arbeiten ja auch in einem Ehrenamt. Das Meiste sah ich den Menschen einfach an. Müdigkeit zum Beispiel oder Liebeskummer. Ich konnte erkennen, wer von beiden am Tisch gerade mit dem anderen Schluss gemacht hatte und wie lange es ungefähr her gewesen war, dass der eine mit seiner Affäre geschlafen hatte.

Du spinnst, hatte mein Ex-Freund gesagt, als ich ihm im Supermarkt von meiner Gabe erzählte. Wir wollten gerade Wein für einen Abend mit Freunden besorgen, und ich meinte, es müsse ein Rioja sein, weil Anna am Telefon so klang, als würde sie bald verlassen werden.

Ich weiß es wirklich, beteuerte ich mit der Flasche Rioja in der Hand, ich weiß, was los ist, und ich weiß, was man dann trinken muss.

So was weiß niemand, meinte David, du bist übergriffig, aber als er eines Tages heimkam und ich meinte, letzten Donnerstag mit Marlene, da hat er auch nicht widersprechen können.

Nach der Trennung hatte ich immerhin Zeit für meine Bachelorarbeit, was bedeutete, dass ich eine steile These aufstellte und eine Strichliste hinter dem Tresen führte. Die meisten Gäste kamen nicht darauf, dass ich sie belog. Das war nur konsequent. Wenn jemand mit zweiundfünfzig Jahren behauptete, er würde seine Partnerin immer noch lieben und seinen Job in Ordnung finden und er hätte ausschließlich Erfolg an der Börse, dann glaubte er auch, dass er einen Barolo von einem Grenache unterscheiden könne, und dann musste man ihm nur einen Grenache einschenken und abwarten.

Und, frage ich dann, schmeckt es. Die meisten Gäste kamen aus der oberen Mittelschicht, manche vom Theater nebenan, manche von der Unikneipe, viele kannte ich mit Namen.

Hervorragend, sagte der Gast, er hieß Michael, das ist der 2017er aus Piemont?

Genau, sagte ich.

Ich machte das so lange, bis ich meinem Professor angetrunken meinen Zwischenstand per Mail schickte und er mich am nächsten Morgen in seine offene Sprechstunde bat. Er saß da mit überkreuzten Armen, die er auch dann nicht löste, als ich meinte, von allen zweihundertsiebzig Gästen, die ich bis jetzt betrogen hatte, ist nur einer draufgekommen.

Nur einer, fragte er.

Ja, sagte ich, Martin.

Es ist mir egal, wer Martin ist, sagte mein Professor, und dann wiederholte er das noch zweiundvierzig Minuten lang, wie egal ihm Martin war und wie wichtig ihm stattdessen Statistik sei und dass ich nicht einfach Studien fälschen, in Zeiten von Fake News Studien erfinden könnte, das sei doch hier nicht Sozialwissenschaft in der Oberstufe, und ich hätte ja noch nicht mal den richtigen Zeilenabstand gewählt.

Das sind doch keine Fakten, sagte er.

No Facts, just vibes, sagte ich, und er schwieg so lange, bis ich sagte, ist in Ordnung, ich lösche sofort wieder alles.

Und dann, fragte er.

Und dann, sagte ich, mache ich ein ernstes Thema, dann mache ich Studien zu Dingen, die man wirklich auswerten kann.

Er ließ mich gehen, ohne ein weiteres Wort zu sagen, ich glaube, er ließ mich nur gehen, weil er dachte, ich würde nächsten Dienstag wiederkommen, um mir weitere Vorwürfe anzuhören, nächsten Dienstag und nächsten Donnerstag und den Montag darauf, aber ich kam nie wieder zurück in die Uni, ich machte Doppelschichten und schenkte weiter im Bacchus die richtigen Weine aus.

Martin hatte es gemerkt, als ich wieder mal einem Gast einen Nero d'Avola statt einem Chianti servierte. Ich hatte so getan, als hätte ich ihn nicht gehört. Martin wurde meistens so gegen halb neun direkt an den Tresen gespült und ankerte dann auf dem zweiten Barhocker von rechts bis weit nach Mitternacht.

Wenn er das Bacchus betrat, dann immer ganz, mit offenem Gesicht und lauter Stimme und großen Schritten, als hätte er nie Angst, drinnen wem zu begegnen, den er von draußen nicht hatte sehen können. Die meisten anderen kamen leise rein und schauten dann erst später so aus, als wären sie erleichtert, wirklich niemandem eine Rechtfertigung schuldig zu sein. Stets trug Martin eine schwarze A4-Kladde bei sich, der er sich meist unmittelbar nach Ankunft widmete, mal eilig etwas hineinkritzelnd, mal behutsam die Seiten prüfend, bevor er, oft erst nach ein, zwei Stunden, mit wachen Blicken begann, am Leben seiner unmittelbaren Umgebung teilzunehmen.

Und wieso so rum, hatte Martin mich gefragt, weil er mich von seinem Hocker aus beobachten konnte, der Chianti ist doch der teurere.

Red flag, hatte meine Freundin Anna mal über Männer gesagt, die sich allein betrinken und dann am Tresen das Gespräch mit der Kellnerin suchen.

Du sitzt da wie ein König, sagte ich und dachte wirklich in diesem Moment, dass da ein roter Teppich unter seinen Füßen fehlte. Eigentlich passte er gar nicht in eine Stadt, ich konnte mir nicht vorstellen, dass ihm zwei Zimmer reichten, dass jemand wie Martin die Tram benutzte und bei Netto in der Schlange stehen musste um neunzehn Uhr.

Es gibt da Unterschiede, hatte ich Anna gesagt, dem Typen, von dem ich rede, ist es immer ganz besonders wichtig, gar nichts zu wollen. Martin hatte eine Art, Läden zu betreten, als wäre er eigentlich auf der Suche nach was anderem und müsste heute noch weit reisen, als würde er sagen, er müsse gleich weiter. Ich will heute gar nichts, sagte Martin dann, wenn er sich mit abwinkender Handbewegung auf seinen Barhocker niederließ, aber nur, weil er wusste, dass ich ihm trotzdem ein Glas Barbera einschenken würde.

Warum will er nicht needy sein, fragte Anna.

Keine Ahnung, sagte ich und hatte eine Ahnung, die ich für mich behielt.

Er wollte den Nero, log ich und füllte ein frisches Glas bis zur Trennlinie auf.

Wollte er nicht, sagte Martin, aber ich bin in solchen Belangen auch kein Demokrat.

Wie meinst du das, fragte ich, und er murmelte väterlich, dass es sicher klüger wäre, wenn man den Leuten ad hoc nicht selbst die Entscheidung überlassen würde, womit sie sich das Stammhirn wattieren. Das ist wie bei der Wahl des Lebenspartners, sagte er, meistens kommt nur Scheiße dabei raus.

Ach was, sagte ich und dachte an Marlene und David und an den Malbec, den ich danach gekauft hatte, und daddelte *Freebird* von Lynyrd Skynyrd in die Spotify-Playlist. Martin sagte, dass er das Leiern der MC-Kassetten von früher vermisse. Das würde das Ganze wenigstens einen Funken glaubhafter klingen lassen, denn er habe denen das nie abgenommen mit dem Vogel und dessen vermeintlicher Freiheit. Außerdem sei es so ziemlich das Letzte, sich von Redneck-Arschgeigen aus den Südstaaten irgendetwas von Freiheit vorschmeicheln zu lassen. Martin sagte dann lange nichts und studierte die Raufasertapete links neben der Kellertür.

Du bist ein kleines faschistoides Arschloch, sagte er dann, ohne jegliche Vorwarnung. Der Weinstein stapelte sich in seinem bauchigen Glas, weil ich seit Stunden nur mehr nachschenkte, aber nicht mehr spülte.

Du bestimmst, was deine ahnungslosen Halbwissenden hier zu saufen haben, die können sich nicht, oder zumindest kaum, dagegen wehren. Ein kleines faschistoides Arschloch bist du.

Stimmt, feixte ich und schüttelte die Steine aus seinem leeren Glas. Da ist wohl ein Loch drin. Uns beiden kam nicht mehr als ein leises Lachen über die Lippen, und wieder waren wir gedanklich einen weiteren Millimeter aufeinander zugeschlichen.

Am Ende des Abends schloss ich die Tür von innen und löschte das Licht des Eingangsschildes, und wir tranken auf die Vögel im Allgemeinen und die Freiheit im Besonderen und, als wir endlich noch betrunkener wurden, schließlich auch auf die südfernen Winterquartiere. Dazu googelten wir die Längen- und Breitengrade.

Wir machten schlechte Witze über unseren Breitengrad, und plötzlich hob Martin an zu einem nicht enden wollenden Monolog über die feierliche Begrüßung der rückkehrenden Zugvögel. Er sagte, dass man sich dafür aus reinem Anstand einfach mal die paar Wochen Zeit nehmen sollte, weil man so was eben ganz oder gar nicht macht, und ich war mir schon bald nicht mehr sicher, welcher von den zahllosen Piepmatzen, die er wie der Chefornitologe der Wangeooger Vogelwacht herunterbetete, wohl wirklich existierte, bis es mir auch einfach egal war und wir trunkselig unseren Slogan *Ganz oder gar nicht, ganz oder gar nicht* am Heer der ungespülten Gläser auf dem Tresen skandierten.

Hau jetzt ab, blaffte ich ihn an und wir wischten uns gegenseitig die Lachtränen aus den prallen Gesichtern. Wir hatten beide keine Ahnung, wie wir den anbrechenden Tag überstehen sollten, aber eines wussten wir genau: Wenn wir die Mundschenke der Welt wären, würde jene ab eben dieser Sekunde eine deutlich bessere sein.

Das mit den Vögeln, sagte ich ihm, als er am Ende der Straße um die Ecke bog, schreib das auf.

*

Sophias Worte legten sich zunächst quer in meinem Kopf und drehten dann doch auf meinem heute etwas längeren Heimweg ihre Runden. Zu Hause angekommen, öffnete ich die Kladde und schrieb auf eine zufällig leer gebliebene Seite zwischen zwei verworfene Songskizzen Folgendes:

Wenn die Zugvögel aus den Winterquartieren zurückkehren*

Glitzerschwein Rosé. Mein durchweg gut gelaunter Begleiter, den Weg in einen formidablen Frühlingsbeginn zu bestreiten oder einen ernst zu nehmenden Gelegenheitsalkoholismus einzuläuten. Die Tage im mittleren Europa oder dem, was es mal war, werden merklich länger, und mit Sehnsucht erwarten wir die Regentschaft des Spaghettiträgers in den Fußgängerzonen und die wonneproppelnden Wochen der ersten zaghaften Flirts im Eiscafé. In Kürze flattern die wiederkehrenden Zugvögel wieder dem nahenden Frühlingsbeginn den nötigen Sauerstoff zu, und zu einem solch feierlichen Moment gehört natürlich auch immer ein ebenso feierlicher Wein mit Leuchtpotenzial und Drehmoment. Die dicht gestaffelten Rückkehrtermine der meilenfressenden Flattergeister laden zum periodischen wie episodischen Trinken ein (*Cheerio, Miss Sophie*), und daher eignet sich zur Beobachtung dieses bodenständigen Naturerlebnisses kaum ein Wein besser als ebenjener leichtfüßige Betrüger in ulkigen Schweinsfarben. Denn Vogelart für Vogelart möchte einzeln und ehrenhaft begrüßt und kein auch noch so tüddeliger Fliederhans benachteiligt oder achtlos übersehen werden.

Ich erinnere mich dabei an einen legendären Abend in der Berliner Kneipe Narkosestübchen, in der die altbekannte Tradition gepflegt wird, *Sissi, die letzte Kaiserin,* mit Videobeamer an die abgeranzten Wände zu werfen und jedes Mal einen Korn zu trinken, wenn irgendjemand »Euer Majestät« sagt – also gar zu oft. Um den 14. März herum verdichtet sich die Gefahr, wenn sich Hausrotschwanz, Zilpzalp und der aller Orten beliebte Weißstorch binnen weniger Stunden um die kalendarische Landebahn prügeln, und schon stehen wir wieder, begleitet von Fanfarengebrüll, am Fahnenmast und prosten den Reisenden gen Himmel zu. Bei eini-

---

* Weinempfehlung: Glitzerschwein Rosé, Pfälzer Landwein (Deutschland)
  Kombinierbar mit: Lumumba, Kirschblüten, Streusalz

gen Hundert zu erwartenden Vogelarten wird im Tagesrhythmus so manche Flasche Glitzerschwein über die Wupper und artverwandte regionale Fließgewässer gehen. Gleiches gilt für die Rückkehrer-Terrortage am 15.–17. April, wenn sich neben vielen anderen Arten Gartenrotschwanz, die Mehlschwalbe, die lustige Mönchsgrasmücke wieder im gesalbten Schoß der Währungsunion einfinden. Grauschnäpper, Neuntöter, Pirol – Cheerio, Miss ... hicks! Das letzte rote Pferd am Après-Ski-Pilz ist gesungen, der letzte Lumumba in die Rabatten gereihert, die Bude ist schon zitronenduftig durchgefeudelt und der ganze verschissene Winter nun endlich vorbei.

Wenn man seinen Ex-Freund im Supermarkt trifft*

Es gibt Tage, da braucht man einen kalten Weißwein, um ins Fühlen zu kommen. Und es gibt Tage, da braucht man einen kontrastlosen Wein, der so gefühlssynchron schmeckt, wie *Time After Time* klingt, wenn man gerade seinen Hund beerdigt, dunkelbeerig und filmnoirig wie Wellen in Schwarz-Weiß, die auf einer Kinoleinwand in Nahaufnahme satt an den Beckenrand klatschen.

Es gibt Weine, die man spontan kaufen sollte, und es gibt Weine, die sollte man zu Hause haben, damit man vor dem ersten Schluck nicht noch an seine EC-Karten-PIN denken oder die Kassiererin anlächeln muss, damit man vor dem Weinregal nicht noch seinen Ex-Freund trifft, der einen erst nicht bemerkt und dann überrascht ruft, na, du auch hier.

Damit man dann nicht Ja sagen muss und: was für ein Zufall, und damit der andere nicht fragen kann, geht es dir gut, oder hörst du immer noch *Time After Time* auf Dauerschleife. An den Wein sollte man vorher denken, bevor man um siebzehn Uhr dreißig im Supermarkt steht und den Kopf schüttelt und sagt, ich weiß gar nicht mehr, ob ich das Lied noch gespeichert habe und auf welcher Playlist das drauf sein sollte, und überhaupt sind meine Kopfhörer kaputt gegangen.

An den Wein sollte man denken, bevor man dann zusammen auf das ganze Sortiment starrt und plötzlich nicht mehr weiß, womit man sich überhaupt betrinken wollte und warum. Jetzt weiß ich gar nicht mehr, was ich wollte, sagte ich in dem Moment.

Was suchst du denn, fragte mich David.

Ich weiß es nicht mehr, wiederholte ich und ergänzte, etwas, das mich an uns erinnert. Das war nicht besonders geistreich, aber vor

---

dem Regal fragte ich mich nur noch, ob es heute nicht doch ein Bordsteinrosé vom Spät tun würde, ob jetzt nicht schon alles egal genug war, um eine Flasche einfach hier und jetzt aufzuschrauben.

Also nicht lieblich, meinte er und sah konzentriert auf das Regal.

Nein, erwiderte ich, eher sehr, sehr trocken. Mir fiel der Name nicht ein, aber ich wusste noch, dass das einer war, der so schmeckte wie der Moment, in dem wir uns kennenlernten, und zwar als mein Großvater gestorben war und er als Krankenpfleger Nachtdienst hatte und wir uns später zusammen darüber ausließen, dass sich der leitende Arzt in diesem Augenblick am Sterbebett umgedreht hatte und meinte, das war doch ein tipptopp Tod, oder.

Ich weiß es wieder, sagte ich dann, Kleiner Schwarzer.

Aha, sagte David.

So heißt der Wein, meinte ich, und dann gingen wir plötzlich beide mit den Zeigefingern durch das Regal, weil wir nichts Besseres mit ihnen anzustellen wussten, bis er beiläufig fragte, sag mal, hast du mich damals eigentlich auch betrogen.

Nein, sagte ich dann gleich zweimal, weil es sich beim ersten Mal irgendwie nicht überzeugend anhörte.

Aha, sagte David, wich einem Einkaufswagen aus, der an uns vorbeigeschoben wurde, und drückte mir zwei Flaschen in die Hand.

Danke, meinte ich.

Keine Ursache.

Können wir das noch mal machen, wollte ich fragen, weil sich unsere Finger bei der Übergabe gerade nicht berührt hatten.

Also, sagte ich stattdessen, habe ich wirklich nicht.

Na dann, sagte er, ist ja alles gut. Ich bin mir sicher, er hätte auch bei einer anderen Flasche gefragt, aber weil dieser Wein so eine dunkelrote Farbe hat und weil er Kleiner Schwarzer heißt, musste ich an den Tag denken, an dem ein neuer Mitarbeiter im Lehrstuhl angefangen hatte und eine Kommilitonin mir zuraunte, ich finde, bei dem würde sich Hochschlafen gar nicht wie Arbeit anfühlen. Und dass der Professor zwei Monate später drei neue Mitarbeiterinnen einstellte und meine Kommilitonin sie mit den

Augen abscannte und später sagte, siehst du, der arbeitet auch mit dem Schwanz. Und dass der Professor das hörte und brüllte, wenn ich mit dem Schwanz arbeiten würde, wären meine Autos größer. Und dass sich ansonsten nichts veränderte, dass nur der Professor mich ab dann manchmal angrinste, ich öfter an seinen Toyota dachte und ein Stipendium der Studienstiftung bekam.

Betrügen war das nicht, dachte ich, aber ich erinnerte mich auch an eine Freundin, die einmal meinte, sie schlafe überhaupt nur noch mit ihrem Mann, weil es sich so befriedigend anfühlte, einen Orgasmus wirklich so gut vorzutäuschen, dass er nichts davon merkte. Und weil das eben kein Weißwein war, bei dem ich anfing, meine Liebe zu beteuern, und weil das auch nicht der billigste Rote war, bei dem ich denken konnte, jetzt ist eh schon egal, vielleicht will er ja mitkommen, und weil überhaupt David sich zuerst umdrehte und sagte, na ja gut, ich muss los, ich bekomme grad einen Anruf rein, ging ich mit beiden Flaschen zum Ausgang und erinnerte mich an meine EC-Karten-PIN. Beim Zahlen lächelte ich die Kassiererin an und dachte auf dem Heimweg, Scheiße, was war das denn jetzt.

Später beim Trinken fiel mir wieder die alte Frau im Seniorenheim ein, die immer eine Büchertasche mit sich herumtrug, auf der stand, *die da ← → gehören nicht zu mir*, und dass nie jemand sie besuchen kam. Und dass die meisten Filme davon handeln, wie jemand einen alten Menschen noch einmal aus dem Heim entführt und ihm eine letzte Reise ans Meer schenkt. In dem Film würde die Frau mit der Büchertasche dann ihre Jugendliebe wiedertreffen und ihre Verbitterung noch einmal ablegen können und am Ende zwar sterben, aber endlich im Kreis ihrer Lieben angekommen sein. Ich hatte noch nie den Drang verspürt, irgendjemanden aus dem Heim zu entführen, stattdessen stand ich, wenn ich meine Oma dort besuchte, immer noch ein bisschen länger als nötig im Windfang rum.

Dein Opa war dir ähnlich, hatte meine Oma mir nach seiner Beerdigung gesagt.

Bist du sicher, hatte ich gefragt, aber ohne ihr wirklich zuzuhören. Leute sagen viele Dinge nach Beerdigungen, sie sagen auch, jetzt geht es ihm besser, und es hatte doch alles genau so kommen müssen.

Ganz sicher, sagte meine Oma. Sie trinkt keinen Wein mehr, seit sie allein ist. Ich tu mir das nicht mehr an, sagt sie, ich bleibe jetzt bei Eierlikör. Sie rührt sich den selber zusammen, mit Puderzucker und Rum, einer Packung Kondensmilch und acht Eigelb. Wenn ich sie besuchen komme fragt sie immer als Erstes, ob alles läuft, und, fragt sie, läuft alles.

Ja, Oma, sage ich, läuft alles super. Dann erzähle ich ihr von meinem Psychologie-Studium, als wäre sie ein Mann im Anzug Mitte fünfzig auf einem Stehempfang. Dann ist ja gut, sagt sie im gleichen Tonfall, in dem es der Anzugträger auch tun würde, und drückt mir feierlich eine frisch befüllte Flasche Eierlikör in die Hand.

Ich trinke den lieber direkt bei dir, habe ich ihr das letzte Mal gesagt. Im Gegensatz zu Kokain und trockenem Weißwein auf Stehempfängen half Eierlikör in der Seniorenresidenz St. Katharina wirklich gegen die Einsamkeit.

Nur für den Vorrat, sagte meine Oma und brachte mir noch eine zweite Flasche. Inzwischen lagere ich eine ganze Kiste auf meinem Balkon in der Altstadt, neben dem übervollen Aschenbecher und einem Korbsessel mit altem Schaffell. Auf dem Korbsessel trinke ich Rotwein und starre die Flaschen Eierlikör an und denke über Davids neue Jacke nach, bis mein Handy klingelt und meine Chefin mich fragt, ob ich doch einspringen kann.

Jetzt gleich, frage ich und rufe super, bevor sie antworten kann.

Wirklich, fragt sie, als ich mir euphorisch Rotwein auf die Hose kippe, weil ich zu schnell aufstehe.

Ja, sage ich, meinen Rotwein in der Hand, eigentlich genau der richtige für diesen Moment, weil er so schmeckt, wie ein zurückhaltender Therapeut nickt, einer, der sonst nichts sagt, bis man am Ende der Stunde selbst draufkommt, vom Balkon aufsteht und sich an der Wohnungstür noch einmal umsieht und ruft, ich glaube, ich muss hier mal aufräumen, nicht im Sinne von Schubladen sortieren, sondern im Sinne von Sachen aus dem Fenster schmeißen.

An der Tür zum Bacchus muss man einen dunklen Handknauf drehen. Drinnen ist die Luft stickig von den warmen Gesprächen. Heute ist Dienstag, das heißt, dass Alex in der Küche Gemüse-Semmeltaler mit Tomaten-Paprika-Pesto zubereitet. Ich bin betrunken und winke nur Martin, der schon vorne am Tresen sitzt und in seine Kladde starrt. Findest du das auch toll, frage ich ihn, während ich im Eingang zur Küche meinen Vorgänger ablöse, dass die Tür hier so einen Widerstand hat, wenn man reinmöchte, aber drinnen ist man dann sicher.

Sicher vor was, fragt Martin, aber ich winke ab.

∗

Ich mochte es, wenn Sophia mit zerschredderten Aggregaten den Dienst im Bacchus antrat, denn dann gab es die wenigen Ausnahmen, in denen sie schon kurz nach Dienstbeginn anfing, heimlich mit mir zu trinken. Eine kleine Thermosflasche mit Strohhalm diente dann als Camouflage. Fingen wir so an, war davon auszugehen, dass sich der Abend lang, vielschichtig und einvernehmlich entweder positiv-verlogen oder eben entwaffnend ehrlich gestalten würde. Schnell entwickelten wir geheime Codici und kleine lasterhafte Gesten, mit denen wir uns unbemerkt über diesen oder jenen Gast belustigten und so die Zeit überbrückten, bis wir endlich allein waren. Und als am folgenden Abend der letzte Gast charmant vor die Tür gebeten wurde und die Eingangstür ins Schloss gefallen war, beendete ich ihre zahlreichen Flashbacks auf Ex-Freunde, Ex-Freundinnen, Durchgangsliebeleien und Gelegenheitsaffären mit den mutigen Worten: Nimm's mir bitte nicht übel, Prinzessin, aber für heute bin ich ganz gut bedient mit deinen Loveboat Diaries. Können wir mal wieder'n bisschen Quark reden, wie wir die Welt retten oder den Aliens den Quantenantrieb ohne Mehrwertsteuer aus dem Kreuz leiern?

Du hast recht, sagte sie, warf ihre Schürze auf den Haufen dreckiger Tischdecken am Treppenabsatz zum Wirtschaftskeller und griff wahllos ins Regal der aktuellen Monatsweine.

Es brauchte so seine Zeit, bis sich Sophia an meine temporären Anfälle von Schnoddrigkeit gewöhnt hatte, und unsere Über-den-Tresen-Komplizenschaft hätte sich ohne eben diese sicher deutlich schneller entwickeln können. Es herrschte aber offenbar von Anfang an ein gewisser Dienstfrieden über unsere jeweiligen Schroffheiten, und im Gegenzug brachte ich einen – für meine Verhältnisse – exorbitant großen Schwung an Aufmerksamkeit mit in die Arena, wenn sie mir ihre emotionalen Trallalas in allen treuherzigen Facetten um die Ohren knödelte, für die ich meist nur ein zartes *Wurscht* übrighatte, dies aber still und achtsam bei mir hielt. *Hm, joar, fuck, fuck-ey, oh ja Mann fuck, schlimm, schlimm, fuck.* So was halt. Ich hatte es mal wieder ausgehalten, bis sie gekonnt charmant und mit diesem fies, aber glaubhaft gewedelten *Alles Gute!* die letzten Gäste rausgekegelt hatte. Sophia war nicht klein und nicht groß, aber füllte mit ihrer seltsamen Ruhe angenehm den Raum. Unter Stress und Spannung wurde sie bemerkenswert leise und nickte jedem auch noch so aufgebrachten Gast mit verschränkten Händen und leicht gesenktem Kopf ein verspieltes Verständnis entgegen. In Momenten der Stille jedoch zeichneten ihre Arme großräumige Landkarten ihrer Gedanken in die Luft, und ihr Gesicht wechselte millisekündlich zwischen ernster Fokussierung auf ihr Gegenüber und millionenfachen Variationen lebensbejahender Neugier. Birkenstocks mit goldener Schnalle, Verweigerungstöne: Sie manifestierte ihre Überlegenheit in gewagten, aber stets gekonnt kombinierten Unkombinationen.

Ich warte schon die ganze Zeit darauf, dass du was zu meiner neuen Bluse sagst, was denkst du, steht die mir, Martin? Drei Flaschen Bordeaux und zwei 800er Ibuprofen später war der Rotz des Tages endlich vergessen, und wir taumelten schlafwandlerisch durch einen kackfrischen Haufen neuer Allmachtsphantastereien, Traumreisen und visionärer Kreationen überflüssigster Natur.

*

Was mich am meisten beruhigt im Leben sind die kurzen Handlungsschritte. Deckel beschriften. Wechselgeld auszahlen. Essen servieren. Teller abräumen. Gläser spülen. Ich wechselte Geld und servierte Essen und räumte ab und schmiss das Wechselgeld in die oberste Schublade, bis ich David vergaß und die Gläser wieder sauber waren.

Jetzt mach doch mal kurz Pause, rief Martin mir zu, als es draußen schon längst dunkel geworden war, und ich immer noch nicht auf die Uhr gesehen hatte.

Wovon denn, rief ich zurück, und schob zwei Handteller voll dreckigem Geschirr an ihm vorbei in die Küche.

Du rennst die ganze Zeit, Martin sah genervt aus, er nippte an seinem Glas, als könnte nur er persönlich einen Anspruch an meine Zeit stellen. Dabei war er es, der von seiner Kladde nie hochschaute, wenn er einmal darin versackt war und dann nur warnend eine Hand hob, wenn ich ein neues Glas in seine Richtung schob.

Ich habe halt einen starken Drang, Sachen zu erledigen, erwiderte ich, das nennt sich Ehrgeiz.

Wenn du meinst, sagte Martin, ich finde, das ist Gegenwartsverweigerung.

Wann gehen endlich die letzten, rief ich ihm zu, bevor mich wieder mal eine Dame an Tisch vier heranwinkte, damit ich in Ruhe weinen kann.

Hm, machte Martin und studierte auf seinem Handy die Aktienkurse. Zuhören war nicht seine Stärke, wirklich nicht, er gab mir immer das Gefühl, zu irgendeinem Punkt kommen zu müssen, und dabei schaute er wie ein Lehrer, der mich gefragt hatte, was ist sieben mal acht, und als wüssten wir beide, dass ich alles, was ich jetzt sage, nur sage, um Zeit zu schinden. Es machte mich nervös.

Zu welchem Punkt soll ich denn kommen, fragte ich ihn einmal gereizt und unterbrach mich dabei selbst mitten im Satz. Martin sah mich verständnislos an und meinte, dass ich mir ruhig Zeit lassen könnte mit dem Erzählen, aber er hakte auch nicht nach, wenn ich doch frühzeitig aufhörte. Meine Oma konnte gut zuhören, aber leider nur der Version von mir, der man immerzu gratulieren konnte.

Ich wusste nicht, warum ich so viel von ihm erwartete und zwischen meinen Serviergängen immer wieder zu seinem Platz schielte, auf dem er etwas eingefallen saß, eine Hand in den grauen Haaren, eine am Weinglas, den Blick auf das Handy oder auf das trübe Fensterglas oder auf mich gerichtet, verschmitzt dann, weil er mir gerne dabei zuschaute, wie ich einen Nero d'Avola mit einem Pinot Noir vertauschte. Eigentlich war er nur ein Stammgast und dann auch noch einer, der zweiundfünfzig war und gerne Shirts mit Aufdruck trug.

Ich hatte Anna einmal gefragt, ob sie das kennt, wenn man sich immer kurz in den Nächstbesten verliebt, also in den schönsten Mann in der U-Bahn und dann in die erfolgreichste Frau im Großraumbüro und so weiter, und zwar nur so lange, bis man wieder draußen ist. Sie nickte. So ist das circa im Bacchus, sagte ich, nur ohne das Verlieben.

Unsere Freundschaft bestand unter anderem darin, dass Martin mich wahrscheinlich als Einziger verstand, wenn ich zum Beispiel beim Verlust des Arbeitsplatzes einen Nero d'Avola statt des bestellten Cabernets verordnete. Manchmal schluckten wir synchron zwei Schmerztabletten und blickten uns dabei ernst und geschäftig wie zwei Sheriffs in die Augen, die gemeinsam zum Dienst antreten. Einmal kam das Ordnungsamt ins Bacchus, aber Drogen haben sie auch hinter dem Tresen nicht gefunden. Ich wurde manchmal schwach bei Aspirin und bei Ibuprofen 800 und manchmal noch bei Paracetamol, aber das war auch schon alles. Solange du bei Aspirin bleibst, sagte Birgit, als sie einmal mit mir im Laden stand und meine Schublade entdeckte, ist alles okay.

Finde ich auch, hatte ich erwidert, und Birgit hatte sich kurz die grauen Haare hinter das Ohr gesteckt und gemeint, dass Schmerzzustände aber vom Arzt abgeklärt werden sollten.

Ich weiß, sagte ich, ich bin ein chronischer Schmerzpatient.

Heute Abend war ich wieder einer, ich öffnete die dunkle Mahagoni-Schublade unter dem Fach mit dem Wechselgeld und holte, als gerade keiner der Gäste mich heranwinkte, zwei Ibus aus der silbernen Folie.

Was hast du denn, fragte Martin und sah von seinem Handy auf.

Keine Ahnung, rief ich gegen die Atmo im Raum an, Rücken, Arme, Beine, so.

Alles, fragte er, ich nickte, und er schob mir seine Hand entgegen, mir auch bitte eine. Als wir die Tabletten schluckten, fragte Martin mich nach meinem Tag, aber mit einem Blick, der schon hoffte, dass die Antwort nicht lang ausfallen würde. Er sah selbst nicht so ganz gut aus heute Abend. Deine Augen wirken manchmal, wie die von einem sehr alten, traurigen Elefanten, hatte ich ihm einmal betrunken gesagt, aber ich glaube, er hat das nicht als Kompliment aufgefasst. Heute schienen sie noch dunkler zu sein.

Nicht so wichtig, antwortete ich.

Was magst du denn trinken, fragte er zurück.

Egal.

Egal, fragte er, und jetzt klang er besorgt.

Alles, sagte ich und zertüddelte die Bierdeckel zu Feinstaub, nur keinen Metzger mehr.

Gut, sagte Martin, dann Etikettensaufen. Sein Blick wanderte über das Regal hinter mir, während eine ältere Frau mit Stehkragen und rund geföhnten Haaren auf mich zukam. Entschuldigung, sagte sie und schob mir ihr Weinglas sehr bestimmt zu, das ist nicht der Bordeaux, den ich bestellt hatte.

Doch, log ich.

Nein, sagte sie, probieren Sie doch.

Ich bin schon betrunken, sagte ich und hob abwehrend die Hände, und wir haben sowieso nur noch fünf Minuten geöffnet. Ihr Blick verdüsterte sich. Das war ein Witz, schob ich hinterher, mit dem Betrunkensein.

Die Frau räusperte sich, sie hatte einen dünnen Hals, an dem die Adern etwas hervortraten. Ich würde Ihnen zur Entschädigung diesen hier ausschenken, sagte ich und deutete auf den Malbec.

Warum denn Malbec, fragte sie, und Martin grinste. Ich sagte, warum nicht, das ist so ein Knallinger mit einem süßen Kaninchen mit Trompete im Pfötchen drauf.

Die Frau betrachtete uns von oben herab. Ich kannte diesen Blick, Menschen mit Stehkragen tun so, als wäre nur der Inhalt wichtig und originelle Etiketten seien maximal peinlich, dabei fahren sie 5er BMWs und tragen selbst abends noch einen Hosenanzug.

Hören Sie, sagte ich und lehnte mich etwas über den Tresen, wenn Ihnen der Bordeaux nicht schmeckt und Sie den Malbec nicht wollen, gehen Sie doch auf irgendeinen Stehempfang.

Das war kein Bordeaux, sagte die Frau und hob den Zeigefinger, aber bevor ich ernsthaft einen Streit anfing, stand Martin auf und schob sich seufzend seine Brille auf die Nase, jetzt nicht, sagte Martin, kommen Sie doch morgen wieder.

Meine Chefin, sagte ich zu der Frau und deutete auf Martin, der sie mit seinen dunklen Augen müde anschaute, bis sie steif nickte und das Lokal, ohne zu zahlen, verließ.

Klappt nicht immer, oder, fragte Martin, was hast du ihr denn eingeschenkt.

Gegen die Wut kam auch die Ibu nicht an, ich hatte jetzt Feierabend und Hinterherwischen war jetzt over in this very second. Ich stellte zwei Nullzwo auf den Tresen und exte meinen, ohne anzustoßen. Okay, Dalai Drama der soundsovielte Klingelfürst, blaffte ich Martin an, weil mich seine besonnene Art heute Abend noch wütender machte, wenn du einen verdammten Wunsch frei hättest, um die Welt ein Minipipipopelstück verträglicher zu machen – was, was, was? Hau raus!

Beim einsetzenden Religionsfrieden*

Plötzlich ging alles ganz schnell.

Nach den Dekreten zur klimaneutralen Nulldifferenz, die bereits deutlich früher als erwartet am 23. Mai erreicht wurde, der dritten unter Jubelarien ratifizierten Regentschaft der Panamoralischen Liebe und der erfolgreichen Rückführung des korrupten Profifußballs in den Amateurstatus wurde zur Sommersonnenwende im gebenedeiten Jahre 2031 der allgemeine, weltweit gültige Religionsfrieden vom Westbalkon des Ingelheimer Gemeindezentrums ausgerufen und nur Stunden später durch die Oberbürgermeistery Chloe Dieter Sommerwald gegengezeichnet.

Die Einigung wurde durch den kongenialen Geistesblitz der Zwillingsbrüder Hans und Malte Verhülsdonk aus Wuppertal-Elberfeld erzielt, die in ihrem Eilantrag vom 12. März selben Jahres vorgeschlagen hatten, die vorliegenden und ordnungsgemäß eingereichten achttausendvierhundertzweiundzwanzig Anträge auf Berücksichtigung im subtraktiven Ausschlussverfahren abzuarbeiten.

Als logische Konsequenz blieb mathematisch und buchhalterisch eindeutig der weltweite, uneingeschränkte Religionsfrieden. Hätte man früher draufkommen können – da gebe ich Ihnen recht.

Versuche dieser Art, wenn auch meist regionaler Natur, gab es viele – gescheitert sind sie ausnahmslos alle. Nicht zuletzt, weil in den oft zähen und von Interessenstreitigkeiten zerfressenen Tagungen meist nichts weiter als unerträgliches Blabla zu Papier gebracht wurde und allabendlich die bereitgestellten Mittel von den nahezu ausnahmslos männlichen Winkeladvokatys im Bordell verballert wurden.

Aus dem Augsburger Religionsfrieden: »... Setzen demnach, ordnen, wollen und gebieten, dass fernerhin niemand, welcher Würde, Standes oder Wesens er auch sei, den anderen befehden, bekriegen,

---

* Weinempfehlung: Bersano »Gavi di Gavi«, trocken (Italien)
  Kombinierbar mit: Vaseline, Crushed Ice, Aufguss Salz/Honig

fangen, überziehen, belagern, [...] [möchte], sondern ein jeder den anderen mit rechter Freundschaft und christlicher Liebe entgegentreten soll und ...« Holla die Waldfee. Hier wird schon im Ansatz klar, wie ineffizient sich die vermeintlichen politischen Eliten ins Koma diskutiert haben müssen.

Man war sich also einig, dass ein Ruck durch das ganze Durcheinander gehen müsse und man mit Augenmaß, laissez faire und immer einer gut gekühlten Weißweinschorle in der Hand sich nun endlich mal des Neids, der Missgunst und Besserwisserei vieler Jahrhunderte entledigen müsste, um nicht wie in den vielen Fehlversuchen zuvor am Ende wieder ohne Ergebnis dazustehen. So schlich sich nach und nach die Parole »Ach, lass das doch die Vehülsdonks machen!« in die Protokolle der zahlreichen Gremien, weil halt auch irgendwann keiner mehr Bock zu diskutieren hatte, und so wurde die Subtraktionsmethode der beiden Schlitzohren rubbel-die-Katz durchgewunken. Schmiermittel hierfür war der täglich bereits zum Frühstück in großen Mengen verabreichte (damals im Angebot) Bersano Gavi aus dem schönen Piemont, der in der kaufmännischen Eigendarstellung Folgendes im Pressetext verlauten lässt: »In der Nase zeigt er Anklänge von Ananas und Pfirsich, schön untermalt von einem Touch Aprikose. Ein frischer, eleganter Weißwein mit schönem Säurespiel, eingebettet in ein fruchtiges, lang anhaltendes Finish.« Nun, was soll da noch schiefgehen.

Auf den letzten Metern kam dann noch mal derbe Unruhe auf, und die erste Fassung musste in voller Länge und großer Hektik overnight in den Schreibstuben neu verfasst werden, weil Malte in der Aufregung die Flashkarte mit der Quelldatei mit jener verwechselt hatte, die mit Sardinien 2030 beschriftet war. Copypaste, delete, alt strg soundso und fertig war die Laube.

Dieser simplen wie effizienten Methode fielen jedoch leider auch unter wütenden Protesten diverser Splitterparteien der teilnehmenden Weltreligionen folgende Anträge zur Einarbeitung in eine friedliche Universalreligion zum Opfer, die hier nur exemplarisch aus Respekt und der Vollständigkeit halber erwähnt sein wollen:

Antrag 321/B_22
Antragsteller: Gebetskreis Hankasalmi (Finnland):
Kostenlose Saunatage in allen städtischen Einrichtungen an ungeraden Tagen der Monate Maaliskuu, Kesäkuu und Heinäkuu.

Antrag 321/B_23
Antragsteller: Gebetskreis Hankasalmi (Finnland):
Quellensteuerbeitrag auf 75 % des Grundeinkommens erhöhen zum Aufbau einer werbefreien Europa-League im Beach-Volleyball (Damen/Mixed).

Antrag 7771/T_01
Antragsteller: Veteranentreffen der Godesberger Bibelknaben 1988 e.V.
Neues pangeschlechtliches Leitbild auf Basis einer Stammzellenkultur von Eros Ramazotti mit (so wörtlich): einem Riesenpimmel.

Antrag 0001/A_01
Antragsteller: Bechler, Martin, Köln (parteilos):
Ausschlafen, sonntags frei, gärungsfreier Saftentzug bei Rotweinen aus Mitteldeutschland sowie der pannonischen Tiefebene.

Antrag 0213/B_22
Antragsteller: Revolutionsbrigaden Pinneberg (Pinneberg):
»… dass das Scheißgebimmel am Sonntagmorgen endlich aufhört!«

Wenn Martin zu solchen Endloslisten über Zugvögel, Welt-religionen oder mögliche Variationen des veganen Frikadellensalates auf Erbsenbasis anhob, hatte man nur drei Möglichkeiten: sofort weglaufen, eine Flasche öffnen und kapitulierend zwei Stunden lang zuhören oder ihn unterbrechen, bevor diese schier unerschöpfliche Maschine an Niegehörtheiten richtig warm gelaufen war.

Warte mal, sagte ich, hob die Hand und deutete auf einen Chat auf meinem Display. Anna kommt gleich noch vorbei und erzählt von ihrem Date, das ist wichtig, welchen Wein braucht es jetzt.

Martin unterbrach sich und seufzte, er kannte das schon, wir analysierten die Männer, mit denen Anna sich erst mal keine Zu-kunft vorstellen konnte, und dann vielleicht doch. Meistens bei einem trockenen Weißwein, der ehrfürchtig einebnete, worum es die nächsten Wochen und Monate gehen würde. Er ist nett, sagte sie dann, aber ich glaube, er hängt noch an seiner Ex-Freundin. Er ist nicht nett, aber irgendwie mag ich seine roughe Art, ich glaube, er braucht mich, weil ich so weich bin, weil ich das dann prak-tisch ausgleiche.

Nimm den Grans-Fassian, sagte Martin und deutete auf das Regal hinter mir.

Kurz darauf klopfte Anna an die von innen verriegelte Laden-tür. Anna sah nicht aus, als würde sie Anna heißen, sie hatte dicke Locken, die sich über einem Stirnband türmten und trug bunte Leggins im Batik-Look. Anna hatte gar nichts in ihrem Leben, das sich von hinten und vorne gleich lesen ließ. Als ich sie kennen-lernte, hatte sie ein Selfie von sich selbst als Sperr- und Homebild-schirm eingestellt gehabt, und als sie meinen Blick bemerkte, sagte sie, das ist nicht eitel gemeint, ich versuche nur, mich an mein Ge-sicht zu gewöhnen.

Jetzt lerne ich dich endlich auch mal kennen, sagte sie zu Martin und rutschte auf den roten Barhocker neben ihm, darf man hier drinnen rauchen?

Jetzt schon, sagte ich, und kurz darauf zeichneten wir Stärken und Schwächen ihres neuen Lovers in die Luft, wie Gefängnisinsass*innen, die einen Fluchtplan skizzieren, wir kreuzten an, hier, hier, hier, wenn er diese Sachen an sich ändert, dann könnte das doch noch funktionieren, dann wird das doch noch was mit dem weißen Pferd und dem Prinzen, zumindest etwas, worüber Jupiter Jones singen könnte, und Taylor Swift und Olivia Rodrigo auch.

Irgendwann tranken wir dann doch Merlot-Verschnitt, eine Plörre, sagte Martin, von allem etwas, damit es jedem schmeckt, aber auch niemandem wirklich. Wir redeten über die Vor- und Nachteile einer discounterfähigen Liebe, dieses Reingreifen in den Ramschkorb und dieses Sich-erwachsen-Fühlen, seit man nicht mehr aufs Geld schauen musste und sich in letzter Sekunde noch irgendwelche Fairtrade-Pralinen aufs Band legte.

Bist du in Therapie, fragte ich Anna und leerte unsere Flasche.

Natürlich, nickte sie.

Natürlich, fragte Martin, warum das denn, und dann sah er mich an, als würde er gleich von seinem Opa erzählen und dem Russlandfeldzug und dass es da auch keine Therapie gab.

Jeder braucht eine.

Sicher nicht, sagte Martin.

Man fühlt sich danach besser, bestätigte Anna.

Mund abputzen, weitermachen, sagte Martin und verabschiedete sich kopfschüttelnd an einen kleinen Tisch in der Ecke, wohl, um uns nicht weiter zu stören. Anna schaute ihn mitfühlend an und dachte an sein inneres Kind, bevor sie auf ihr Handy starrte und seufzte, er schreibt nicht.

Dump him, sagte ich.

*

Ich kannte Anna nur aus Sophias Erzählungen, und als sie an diesem Abend plötzlich im Bacchus auftauchte, war klar, dass man die zwei an diesem Abend wohl besser in Ruhe die Köpfe und Hälse ineinanderstecken lassen sollte. Ich beobachtete die repetitiv synchronisierten Kanons ihrer Ja-genaus lieber aus sicherer Ferne und bestellte einen Nulleinser Barbera bei Sophias Kollegin in Probezeit, die heute im hinteren Schankraum für die Bestellungen zuständig schien. Dump him, waren Sophias einzige Worte, die ich aus ihren gelayerten Staccati heraushören konnte, und ich begrub jedes Bemühen um Verständnis in jenem Moment, als ich sie im Toilettengang wenig später dabei beobachtete, wie sie stoisch eine nach der anderen Handynummer aus ihrem Android-Speicher löschte.

Sophias von großer Sanftmut geprägten Präzisionsanalysen konnten einer ganzen Klinik voller Psychosomatikern binnen Sekunden die emotionale Unterhose ausziehen, und ich begann immer sorgsamer meine Worte ihr gegenüber abzuwägen, um zuweilen nach dem dritten Glas doch wieder in lange Monologe darüber, wie die Welt wohl zu funktionieren hätte, wenn man mich nur lassen würde, auszuscheren. Und so schaukelten wir wie die Tiden an rauer Küste gegen die Kanten des Tresens hin und her. Ich trank aus und verließ das Bacchus Richtung Innenstadt. Ohne genauer hinzuschauen, schrieb ich ein mittelmotiviertes Telegram in Richtung irgendeiner Kathi ins überregional Ungewisse. Fasse dich kurz! stand auf irgendeiner Wand auf meinem Weg Richtung U-Bahn und ich dachte: nichts.

Nach der ersten Therapiestunde*

Wir gratulieren zur langjährigen Ehe und schenken eine verdiente Flasche Wein zur diamantenen Hochzeit, wir romantisieren unsere Abhängigkeiten und nennen es Kultur. Wir sind gut im Aushalten. Wir sind in einer Zeit aufgewachsen, in der es sich lohnt, viel auszuhalten, in der wir das, was wir ausgehalten haben, als stolze Anekdote erzählen und wegwischen, wenn jemand sagt, das muss aber auch wehgetan haben. Wer gut still sitzen kann, wer sich gut dazu zwingen kann, etwas zu tun, wer viel aushält und runterschluckt, der wird es weit bringen. Natürlich lieben wir also Wein, natürlich habe ich Freunden Wein empfohlen, beziehungsweise in intensiven Momenten nachgeschenkt als Geste der Mütterlichkeit, der Hilfe, der Komplizenschaft: Alkohol hilft uns, weiter auszuhalten.

Ich kann nach einem Glas bessere Geschichten schreiben, ich verliere meine Hemmungen, ich kann dann aus einer Situation, die ich im Grunde als aufreibend wahrnehme, das Reden mit Fremden, das Aufplustern und Runterschrauben und Mittanzen und Abwenden, das kann ich besser, mit Alkohol. Wir tröpfeln uns gute Laune über die absolute Erschöpfung. Alkohol ritualisiert unser Beisammensein, bis die Wut, die Angst, die Erschöpfung ganz nach unten gedrückt werden. Wir reißen uns zusammen. Wir halten noch mal durch. Wir beweisen uns.

Wenn man dann damit aufhört, wenn man endlich mal anfängt, das Ganze wieder hochzuschaufeln, wenn man sich endlich mal hinsetzt und das Treppenhaus nach oben läuft und sich dann im Sessel gegenüber hinsetzt und auf die Box mit Taschentüchern starrt, wenn man dann wirklich darüber nachdenkt, wenn das Gegenüber fragt, um was geht es denn Ihnen hier gerade, dann kann man sich gratulieren. Weil man aus der ganzen großelterlichen, kapitalistischen, kriegsgeprägten Mentalität der Durchhaltekraft und des Sich-nicht-Aufdrängen-Wollen, mal ausgebrochen ist und sich durch die

---

* Weinempfehlung: nichts
Kombinierbar mit: Phoebe Bridgers, Judith Butler, »Mein Bett«, Tracey Emin

Schichten schaufelt, was sich da an Überlebensstrategien angehäuft hat, an Selbstbetrug, an Scham davor, die Zeit und den Raum des anderen in Anspruch zu nehmen, der einem zuhört.

Was trinkt man, wenn man aus der Sitzung rauskommt und das Handy auf Flugmodus bleibt und man mal sacken lassen muss, was man über sich gelernt hat, und was man vielleicht noch nicht über sich gelernt hat, aber bald über sich lernen würde, man ahnt, was da noch lauert, und weiß nicht genau, ob man die Kraft hat, da auch noch hinzuschauen, fast bekommt man Angst und möchte sich schon wieder flüchten in die Kurzzeitziele und Kompensationsstrategien. Dann kann man sich mal kurz hinsetzen und einfach keinen Wein trinken, sondern schauen, wie viel man aushält, wenn man nichts betäubt, und wenn dann jemand sagt, du musst doch nicht so ernst sein, und jetzt hab dich doch nicht so, dann brüllt man ihn mit der neu gewonnenen Achtsamkeit gegen die Wand.

*

Verstehe, brummelte ich vor mich hin und kommentierte Sophias Ausführungen nur missmutig. Trinken wir was? Der Rote muss atmen. Seit wann steht der Glühwein auf der Karte?

Saisonale Rotation, sagte Sophia, und ich spuckte eine stille Geste der Verachtung über meine linke Schulter. Nee, ich bleib bei meinem Shit. Einmal wie immer, Frollein. Ich hatte mich mit den Jahren für die spartanische Barbera-Rebsorte als stabilen Standard aus dem Piemont entschieden, wenn ich, ohne zu viel nachdenken zu müssen, einen schlichten, gebrauchsorientierten Rotwein in einer Gastronomie bestellte. Barbera galt früher als zweitklassig, bis er in den Achtzigerjahren doch noch in seine Potenziale getrieben wurde. Barbera rutscht in der Regel gut durch, und man kann ihn sich unaufgeregt an die Backe klatschen, wenn man einfach mal ein paar Stunden seine Ruhe haben will. Der vom Bacchus war ganz vernünftig, und es gab Anfang des Jahres einen kleinen Zwischenfall, als er von der Karte genommen wurde, und ich schäme mich heute noch für den galligen Monolog, den ich schwertrunken an der Theke gehalten haben muss, um meinen letzten Flecken comfort zone zu verteidigen. Barbera ist schlicht und bescheiden. Das mag ich. Ich kann mich weintechnisch durchaus an einer sophisticated Supergranate erfreuen, die sich quasi minütlich nach Sauerstoffkontakt in ihren Nuancen und ihrer Erzählkraft wandelt, aber manchmal will ich halt auch einfach nichts erzählt bekommen, und zwar egal von wem. Vor allem nicht den Oberquark der Marketingfritzen, die von zimtigen Wurzelholz-Noten und frischem Pfiff aus Kies und Mergel faseln. Terpene und Pyrazine, Leder, Trüffel und Lakritz. Barbera ist süße Medizin. Barbera heißt: Halt doch einfach die Fresse. Schalt mich ab.

Beim Etikettensaufen*

Hand aufs Herz: Ich bin das Opfer aller von Weinetiketten geblendeten Opfer und will nicht wissen, wie viel überflüssige, zusammengepanschte Plörre ich schon gesoffen habe, nur weil mir das Etikett in irgendeiner Form die Synapsen zusammengelötet hat.

Ein sanfter Strich à la Picasso, ein treuseliger Hundekopf, ein kryptisches Element aus Matheformeln, ein Revolver, Titten. Der inspirierte Grafiker ist der Koberer des gehobenen Betrugs von Durchgangsware und, verdammt noch mal, ich lasse mich gern betrügen.

Ich möchte mich nicht dafür schämen. Ich will die totale Eskalation und mich weiter von den Finessen der Illustrationen betrügen lassen, um am Ende doch meinen Geschmackssinn weiter in Unbestechlichkeit und Neugier zu trainieren.

Bepinselt mich, ihr Schmeichler! Wickelt mich ein in vorgetäuschtes Verständnis und heuchlerische Schwelgerei!

Es muss viel passieren, bis ich trotz eines gelungenen Türschilds auf der Pulle die Suppe mit den Worten »Leck mich am Arsch, was für eine Scheiße« gegen die grob verputzte Wand der Szene-Vinotage spucke. Auch von fancy Namen lasse ich mich durch die Regale führen wie ein Esel von der Möhre: *Umathum, Day Drinking, Glitzerschwein, Silverbackgorilla, Salzblusenkreuz, Ladies who shoot Lunch, Tarantino, I bims 1 #kabi von Mosel her, Gras im Ofen* und *Sackträger*. Nun, ich denke immer: so lange niemand zu Schaden kommt.

Für meine selbstreflektierte Zukunft beantrage ich Weinetiketten mit folgenden Motiven:

---

* Weinempfehlung: irgendwas mit einem niedlichen Hasen
Kombinierbar mit: Talkum, Döner, Aqua Nails

1. Zahnarztpraxis
2. Atomkrieg
3. Umsatzsteuersonderprüfung

Freundlichst,
Dr. Segelzahl

*

Weil es sinnlos war, mit Martin über seine Kreuzzüge gegen jedweden spießbürgerlichen Tand zu diskutieren, drehte ich als einzigen Kommentar die Musikanlage lauter.

Stille Nacht, heilige Nacht, ernsthaft, fragte Martin, wir haben Frühling.

Der Retter ist nah, erwiderte ich, irgendein Retter ist nah.

Irgendein Retter ist nah, nickte Martin, hoffe ich auch.

In der Winterzeit 1 *

Sophia und ich waren uns im Kern immer einig, dass der Mensch doch ein recht zweifelhaftes Gestrüpp sei, auch wenn wir in den jeweiligen Einzelbetrachtungen zu recht unterschiedlichen, bis zuweilen maximal konträren Ergebnissen kamen, wie damit zu verfahren sei. Im Casus Umwelt, Toleranz und Achtsamkeit allerdings herrschte seit eh und je zwischen uns große Einigkeit. Denn was die lachhaften, quergewickelten Abbiege-Darwinisten lange versucht haben, als Krone der Schöpfung zu verticken, entpuppt sich nach gerade mal einer Handvoll tausend Jährchen als fehlentwickeltes Ego-Schweinchen – fähig zu hässlichen Dingen wie Genoziden und bis heute anhaltenden weltweiten Verteilungskämpfen niederster Natur. Jeder Köttel Pferdemist hält da lässig mit und hängt den humpelnden Homo Sapiens im Hundertmeterlauf der Karma-Olympiade allein schon durch seine friedvolle Grundbeschaffenheit ab. Aktuell 359 aktive Kriegs- und Konflikthandlungen weltweit, Diskriminierungen aller Mannigfaltigkeiten, Mikroplastik. Bilanz nur so semi, könnte man sagen.

Sind wir doch mal ehrlich: Wir haben der Gesellschaft seit der Mondlandung eine butterweich funktionierende Brennstoffzelle vorenthalten. Nun finden wir uns in einer mittelprächtigen Klimakatastrophe wieder. Sauber, Homo S.! Mutter Erde verprügelt dich grade dafür mit dem nassen Handtuch und jagt dich mit glühender Forke dreimal rund um den für immer und ewig verschlossenen Garten Eden, solltest du es noch nicht gemerkt haben. Ein emissionsfreier Energielieferant generiert aus Wind und Sonne.

Klar, dass man diesen hippiesquen Mumpitz erst mal ein paar Jahrzehnte im Schrank vermodern lässt, weil es einfach geiler ist, sich mit der neuen Auspuffmanschette des Achtzylinders die Klöten zu lackieren. Und dennoch: Bevor wir dann wieder nach kurzem Gastspiel in der Bedeutungslosigkeit aus der Galaxie verschwinden –

---

*   Weinempfehlung: keine
Kombinierbar mit: Dresdner Stollen, Imprägnierspray, Gürtelschnallen

ein paar ziemlich ausgefuchste Spitzenleistungen hat der emotional verkrüppelte Calvinismus dann doch zustande gebracht. Und bei einigen steht uns zurecht und nachhaltig vor Staunen der Mund weit offen: der 5. Sinfonie von Beethoven, der Erfindung des Quantencomputers, dem Reißverschluss, der Fender Telecaster, das Lascia ch'io pianga von Händel, Crème Brûlée und eben – Wein in seinen endlosen, wundersamen Variationen.

Und man muss wirklich sagen: Allein dafür hat es sich gelohnt. Mich fasziniert von Traube zu Traube, Jahrgang zu Jahrgang die visionäre Kraft des Winzers aus den Zutaten von Wetter, Böden, Rebe und Geduld. Liebe, in vergleichsloser Entschleunigung ein ganzes Jahr über am bestmöglichen finalen Schmelz zu tüfteln. Hier ein wenig gezupft, zuweilen ermahnt und dann wieder gestreichelt, dort nochmals am Saftabzug geschraubt. Präzision, Zeit und Empathie, die drei Säulen der Achtsamkeit auf dem Weg ins Glück.

Vielleicht ist Wein eines der wenigen Güter des Konsums überhaupt, die uns Menschen über die Jahrhunderte zu einem Mindestmaß an Wertschätzung anleiten konnten. Denn schon zu Zeiten Chlodwig I. wurde der Diebstahl einer Rebe mit einer Strafe von saftigen 600 Dinar geahndet. Zu Recht.

Vom Korkenzieher bis zur Vivino-App wurde die Entwicklungsgeschichte des Weines stets begleitet von feingeistiger Werthaltigkeit und professionellem Dealertum. Für den Geschmack sorgen schließlich die Bodenmikroben, und allein deren launenhaftes Kombinationsverhalten mit ruhiger Hand zu lesen und vorauszuahnen verdient höchsten Respekt. Zwischen holziger Praline und roter Marmelade, von nobler Wärme geprägt oder rauchiger Tusche, von staubigen Aromen zu kitzelnden Zitrusfarben – die atemberaubende Fusion aus herzenswarmer Intuition und einem Grundverständnis aller Disziplinen der Naturwissenschaften gleicht einer Meisterleistung.

Und nun liebe Weinachtsmarktpilger, verehrte Knallchargen des Kerzenständers, der Porzellanfigürchen und der Gürtelschnalle! Ihr Jünger des an Nutzlosigkeit nicht zu übertreffenden Verschenke-Schrotts! So wie ihr um die Bretterbuden der Wichtel-in-spe-Scheiße lungert und euren zimtverschlissenen Schlabberpunsch trinkt. Ich frage euch ein letztes Mal: Wenn man das alles weiß, wenn man die Sorgfalt und Kleinteiligkeit der Schaffenskraft des Winzers nur ansatzweise erahnen kann, wenn man darüber hinaus weiß, wie andere brave Kreaturen um die gute Lese und den sonnigen Herbst bangen, in der Hoffnung auf einen ausgereiften Spitzenjahrgang – stellt man sich dann auf den Christkindelmarkt und schmeißt arglos einen Sack Gewürze in den heiligen Saft der Erde? Nein, verdammt noch mal, das tut man eben nicht! Und daher fürchtet den Tag, an dem man MIR die Ausgestaltung des Strafenkatalogs für so frevelhaftes, unkultiviertes und abscheuliches Verhalten überlässt!

No Glühwein! Never! Am Arsch!

In der Winterzeit 2*

Wer Glühwein nicht mag, der fotografiert auch keine Sonnenunter-
gänge, weil er das kitschig findet. Wer Glühwein nicht mag, der
steht fröstelnd neben einem auf dem Weihnachtsmarkt und sagt,
mein Gott, versuchst du ernsthaft schon wieder, mit dem Handy
den Mond zu fotografieren. Wer Glühwein nicht mag, muss trotzdem meine Tasse halten, während ich umständlich die Finger wieder in die Handschuhe friemele und einen Filter über das Bild lege.

Meine Tante bot mir Tabak an, und als ich ablehnte, fragte sie
erstaunt, echt nicht, als ich so alt war wie du, habe ich mich dünn
geraucht.

Sie drehte sich eine zarte Zigarette, die ein bisschen aussah, als
hätte sie Schwindsucht. Sie benutzte das durchsichtige Papier, das
im Wind zitterte, und die dünnen Tabakhalme flatterten wie Haare.
Ich bin nicht süchtig, sagte sie dann, inzwischen rauche ich eigentlich nur noch, um nachher etwas ausdrücken zu dürfen.

Ich trinke lieber, sagte ich und nahm ihr den Becher wieder aus
der Hand. Was ich an Glühwein am meisten mochte, war, dass man
aus ihm nichts rausschmecken musste. Mit Glühwein in der Hand
musste man nicht mehr sophisticated aussehen, und man musste
nach der zweiten Tasse keinen energetischen Sex mehr haben, man
musste während des Trinkens nicht über die us-Wahl sprechen,
Glühwein war das einzige alkoholische Getränk, das wirklich keine
Erwartungen weckt. Der Glühwein war der Cockerspaniel unter
den Weinen, Glühwein war Rolf Zuchowski als Getränk, Glühwein
stimmte in Moll an und fand Besinnung gut und Plätzchenessen
und die Menschen, die ein Bild vor ihrem inneren Auge haben,
wenn sie an Familienfrieden denken.

---

* Weinempfehlung: wg Wolfenweiler Winzerglühwein »Wolfsglut«
  (Deutschland)
  Kombinierbar mit: Kinderschokolade, Hosen mit Gummizug, Frühstücks-tv

Wer zum Glühweintrinken steht, sagte meine Tante und nahm einen tiefen Zug, der sagt auch Ja zum Kapitalismus, der findet die Welt so, wie sie gerade ist, in Ordnung.

Ja, sagte ich.

Aha, sagte sie, und das klang ein bisschen so, als würde sie von mir denken, dass ich zwar nie einen Menschen töten, aber hin und wieder über einen Obdachlosen steigen würde, wenn ich es eilig hätte.

Na dann, sie scannte mich über Brust, Bauch und Oberschenkel, wenn du es dir leisten kannst.

Ich antwortete nichts, weil ich ein Problem mit Konflikten hatte. Das wusste ich, seitdem ich mich einmal im Krankenhaus ducken musste, weil eine demente Frau anfing, Stühle durch den Raum zu schmeißen und laut Fotze brüllte. Das Einzige, was ich dabei fühlte, war eine bestimmte Art von Neid. Ich trinke einen Schluck des lauwarmen Glühweins, der versteht mich besser als meine Tante, wer Glühwein trinkt, der ist gerade nicht geistreich und subtil, der hört auch Ina Müllers *Mein Herz kriegt wieder voll auf die Fresse* in Dauerschleife und weint im MVV-Bus zwischen der Münchner Freiheit und dem Odeonsplatz. Mir hat noch nie jemand eine Hand auf die Schulter gelegt und gesagt, nun beruhigen Sie sich doch mal, junge Dame, Sie sind ja ganz aus dem Häuschen, weil ich noch nie mutig genug war, einen Stuhl zu schmeißen und Fotze durch den ganzen Raum zu brüllen. Das Einzige, was mich nach der Fahrt im MVV-Bus tröstet, ist der Geruch in einem Alnatura-Laden, da hat mich nur einmal ein Mitarbeiter angesprochen. Sie, sagte er, können aber nicht mehr jeden Tag kommen und die Proben leer essen. Ich bin hier nicht wegen der Proben, antwortete ich, sondern weil die Welt hier noch in Ordnung ist.

Ich hole mir noch einen, sagte ich zu meiner Tante, die mit der Kippe in der Hand fröstelte.

Während ich zurück zum Stand schlenderte, rieselten um die Buden die Lichterketten, da blinkte der elektronische Schnee im wärmsten Winter seit Beginn der Wetteraufzeichnung. Der Weihnachtsmarkt hatte auch einen Alnatura-Vibe, der Glühwein gab sein Bestes, um einen in der Annahme zu bestärken, dass man bei plus fünf Grad und Nieselregen unter Heizstrahlern immer noch was Heißes zum Aufwärmen brauchte, und wir gaben ihm nichts zurück außer Vaseline am Tassenrand und vier Euro Pfand.

Auf einmal wurde ich wütend auf die Tantenkälte, warum musste ich in diesem selbst kasteienden Land auch alles schlecht finden und jeden Tag zehn Minuten Booty-Workouts machen und sagen, wie scheiße ich den Kapitalismus finde und den Feinstaub zu Silvester und dass der Weihnachtsmann eine Erfindung der Coca-Cola-Industrie war. Glühwein schmeckte wie das Gegenteil von Christentum, wie die Lebensfreude eines müdegelaufenen Junghunds, wie ein Rumfummeln mit dem Freund der besten Freundin in der Mittelstufe, dumm, aber aufregend. Geht das so, fragte mich der rotgesichtige Budenbesitzer und schob mir eine übervolle Tasse zwischen den Tannenzweigen über das Holzbrett.

Ich konnte als Kind schon gut zu volle Tassen balancieren, nicht, weil ich besonders mutig war, sondern weil ich noch nie Angst vor Flecken hatte, die man nirgendwo mehr rausbekommt. Ja, sagte ich und bekam Lust, mich mit dem Glühwein in der Hand von allem zu entfernen, was nicht manchmal watteweich sein wollte.

Weil ich konfliktscheu war, blieb ich dann doch ein paar Meter vor meiner Tante stehen. Ich gehe jetzt, rief ich ihr zu.

Wohin, fragte sie, und ich rief, Proben leer essen. Du kannst jetzt nicht einfach gehen, sagte meine Tante und drückte wütend ihre Zigarette aus. Kann ich doch, sagte ich laut und nahm noch einen großen Schluck heißen Glühwein, du Fotze.

An Weihnachten*

Am 20. Dezember 2012 spielte der Freiburger Radiomoderator Oliver Bolz zwischen 06:45 Uhr und 08:20 Uhr satte vierzehnmal hintereinander *Last Christmas* von *Wham!*, den allesumarmenden Sabberfaden der Harmoniebedürftigen auf baden.fm, angeblich weil er Angst vor dem Weltuntergang hatte. Bis schließlich die Tür zur Regie aufgebrochen wurde und dem Drama vom Programmleiter persönlich ein Ende gesetzt wurde. Ob nun der drohende Weltuntergang dadurch verhindert wurde, ist nicht überliefert. Tatsache ist: Die Welt ist anscheinend nicht untergegangen, oder aber wir haben es noch nicht bemerkt.

Jedes Mal wird die Geschichte irgendwie anders erzählt, sei's drum.

Die Positionen pro/contra/bums Weihnachten sind hinlänglich bekannt, und das, was irgendwann mal zumindest ansatzweise diskutabel war, ist mittlerweile medial ausgelutscht bis zur Pommesbude am Park-and-ride von Golgatha.

Und dann kommen wieder die, die den vermeintlichen Familienzusammenhalt im seligen Nebel des Räuchermännchens beschwören und die, die das Blabla-Gegenteil behaupten und von einem artifiziellen Dienstfrieden auf Zeit reden, und das sind blabla in der Regel dann dieselben, die auch mit den schlimmen Blabla-Statistiken der Selbstmordraten um die Ecke kommen und über die Blabla-Konsumexzesse und den alljährlichen Purzelbaum des Blabla-Einzelhandels und den blabla-apokalyptischen Müllberg schimpfen, und dann kommen noch die üblichen Schlaubis um die Ecke gewinselt, die zum unausstehlichsten Mal die Hammer-Geschichte, warum denn der Weihnachtsmann wohl rot-weiß blabla Coca Cola blabla Florian Silbereisen blabla Huch! Ein neues iPhone! Blabla. Ja, Amazon, schlimm, ganz schlimm! Blabla Vatti treibt's mit der Se-

---

*   Weinempfehlung: das Blut eines Schafes
    Kombinierbar mit: einer Dreiviertel Erleuchtung, einer altbekannten
    Desillusion, zwei Fingerbreit Whisky

kretärin blabla und dann ist endlich Silvester und es wird stramm bis zum neujährlichen Bauch-Beine-Po-Bekenntnis im Schwitzkasten der guten Vorsätze weitergesoffen.

In der Neuen Zürcher Zeitung las ich einmal in einem Artikel über die Geburt Jesu: »Seit der Höhere sich in die Niederungen begeben hat, steht der Mensch in einer unaufhebbaren Vertikalspannung.« Ja, genau. Oder auch nicht. Mal sehen. Wird schon.

Clemens Tönnies, der moralgestörte Erfinder des Pappschnitzels, ist Gründungsmitglied und zweiter Vorsitzender von Aktion Kinderträume e.V. und hat mal sagenhafte 2.742,27 Euro an ebenjene Organisation gespendet (das Geld ging übrigens an die Eltern des siebenjährigen Ibrahim zur Durchführung einer Tomatis-Therapie), um sich dann wieder den Bedürfnissen seiner osteuropäischen Wanderarbeiter und dem Schweineschreddern zu widmen. Der Spagat zwischen Barmherzigkeit und Humpeln kann gewaltig sein, ist aber offenbar immer wieder machbar, und mit ebenjener schizophrenen Dauerverlogenheit des weihnachtlichen Schmusekanons haben wir es ja auch bis jetzt ganz gut ausgehalten.

Was also tun mit diesem Dings aus Stollen und Scham? Nun, die Königin aller Brückentage eignet sich natürlich hervorragend dazu, endlich mal tiefer in diverse Materien der unübersichtlichen Weinwelten einzutauchen. Da zu Weihnachten sowieso Wein in infernalischen Mengen verschenkt wird, als setzte morgen die Prohibition ein, kann man das Ganze ja auch einfach mal sinnvoll/maßlos oder umgekehrt nämlich sinnlos/maßvoll oder in Ausnahmefällen sinnlos/maßlos kanalisieren. Ich trinke um diese Jahreszeit, egal, welchen Wein, prinzipiell aus portugiesischen Copos (den schlichten, geriffelten Wassergläsern), um mich gar nicht erst mit technokratischen Noses, Tulpen und Flöten aufzuhalten und mich konzentriert der dankenswerten Vielfalt zu widmen und jedem Tropfen gleiche Chancen und Wettkampfbedingungen einzuräumen.

Nun flux, alle geschenkten Flaschen in Zeitungspapier einwickeln und blind verkosten. Kurze Notizen machen, und Vollgas bis zum 31.12. durchbrettern.

Dann die Etiketten freilegen und mit ihren dahingeschmierten Aufzeichnungen abgleichen. Sie werden sich wundern, wie oft Sie sich zwischen billigst und teuer, zwischen gekonnt beworben und im Hinterhof handverkorkt, zwischen Discount und Vinotage, zwischen Hanni und Nanni aufs Übelste vertan haben und in welch lachhaftem unerkennbarem Verhältnis ihr halbseidener Geschmack zu Preis und Herkunft steht. Aber fürchten Sie sich nicht! Am Ende ist diese Verkenntnis lediglich ein Akt der Toleranz und Chancengleichheit und somit einer der Kernthesen der Bergpredigt zumindest ein wenig ähnlich, und plötzlich ist die Züricher Vertikalspannung wie von Gottes Hand eliminiert oder zumindest ins Folgequartal verschoben.

»Denn die Bräuche der Heiden sind alle nichts: Man fällt im Walde einen Baum, und der Bildhauer macht daraus mit dem Beil ein Werk seiner Hände. Er schmückt es mit Silber und Gold und befestigt es mit Nagel und Hammer, dass es nicht umfalle. Es sind ja nichts als Vogelscheuchen im Gurkenfeld. Sie können nicht reden; auch muss man sie tragen, denn sie können nicht gehen. Darum sollt ihr euch nicht vor ihnen fürchten; denn sie können weder helfen noch Schaden tun.« (Jeremia 10:3-5)

Vogelscheuchen im Gurkenfeld. Da fühlte ich mich plötzlich angesprochen.

Götter-funky und Gött* innen

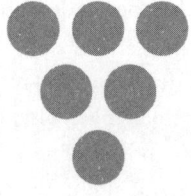

Es gab im Bacchus noch mehr Stammgäste, aber niemanden, der nicht auf seinem Bewirtungsbeleg bestand, sich mit den Arbeitskollegen um die Rechnung stritt oder im Namen seiner Ehefrau bestellte. Martin ist da anders, sagte ich einmal zu Layla, obwohl ich bis heute nicht weiß, ob er tatsächlich jemand ist, dem ich vertraue, oder ob er nur ein Gesicht hat, dem ich alles verzeihen würde.

Die anderen, sagte er mir einmal, als wir an der Theke standen, die sehen mich nicht richtig. Er ließ seinen Blick dabei durch den Raum schweifen, über die Männer, die da mit beigen Hosen breitbeinig im Sessel vor sich hin arthrosierten, weil es nicht immer einfach ist, im Mittelstand aufrecht zu bleiben. Tatsächlich, antwortete ich, wie hast du es geschafft, dich fünfzig Jahre lang zu verstecken?

Dann wurde ich von einem Gast gerufen, einem Unternehmer, der mich regelmäßig an seinen Tisch vor der Fensterfront bestellte und sich Weine vorschlagen ließ. Etwas Bodenständiges, sagte er meistens, und zwinkerte seinen wechselnden Gegenübern demonstrativ zu. Der Mittelstand war ihm wichtig, und dass er es aus ihm raus geschafft hatte und sein Gegenüber nicht, das sah man daran, dass der andere immer gezwungen war, über seine Witze zu lachen.

Weißburgunder oder Chardonnay, fragte er mich dieses Mal.

Wir haben gerade einen tollen Grauburgunder, der besser passen würde, sagte ich, weil ich ihm seine Affäre am Haarschnitt ansah.

Ich hätte lieber einen Weißburgunder, antwortete er, oder einen Chardonnay.

Den Weißburgunder habe ich offen da, sagte ich, aber der Typ schüttelt den Kopf, ich glaube, doch den Chardonnay, ich kann mich einfach nicht entscheiden.

Wir können ja beide ausprobieren, lachte sein Gegenüber und beide nickten und taten so, als hätten sie gerade eine gute Zeit, während ich wieder Richtung Küche verschwand.

Martin schenkte mir ein mitleidiges Lächeln, während er von seiner Kladde aufblickte, in die er mit Kugelschreiber kritzelte. Eine Schippe Vollmond für ein schlafloses Talent, sagte er, tippte auf sein Papier und schaute auf, ich brauche noch einen Barbera.

Nie durfte ich lesen. Hörst du dann später, sagte er, in einem Jahr oder so. Vielleicht nagel ich ja die Tage mal eins an das Kirchenportal.

Ist klar, sagte ich, weil ein Jahr noch lang war und man nie wusste, was passieren würde. Wir hatten Ende April, meine Kommilitonen hatten ihr sechstes Semester begonnen und mich seit dreien nicht mehr gesehen, ich ignorierte ihre Nachrichten. Ich sagte das spöttisch, aber hätte ich gewusst, dass tatsächlich alles anders sein, und Martin dann nicht mehr dort sitzen würde, dann hätte ich ihm früher gesagt, dass ich seine Hände gerne mochte, dann hätte ich noch mal nach seiner Vergangenheit gefragt, die immer zu drei Vierteln unausgesprochen blieb, dann hätte ich ihm die ganzen Weinempfehlungen nicht durchgehen lassen und seine Geschichte über die Alien-Apocalypse, dann hätte ich ihn gefragt, was wirklich los ist.

Aber ich wusste es nicht, und deshalb protestierte ich nur halb und nannte das den Generationenunterschied, dass meine Freunde, wenn ich sie nach ihrem Tag fragte, immer gleich von ihrem Innenleben erzählten und Martin mir vom DAX. Dafür ist er jemand, der immer da ist, beständig und breitschultrig. Manchmal winkte er ab, wenn ich ihm von all den Dingen erzählte, die mir Sorgen bereiteten, erleichtert darüber, dass zumindest niemand gestorben war. Ich war sowieso lieber in der Weinstube als in meiner Wohnung, weil die Hauptmieterin mich bei ihrem Auszug gefragt hatte, ob ich vielleicht noch die Pflanzen gießen, und die Wäsche aufhängen könnte, sie würde die dann in drei Tagen abholen.

Ich bin in drei Tagen aber gar nicht da, hatte ich erwidert, da schlafe ich woanders.

Ist egal, hatte meine Vermieterin gesagt, ich habe ja noch einen Schlüssel. Ich hatte an die Miete gedacht, die war in Ordnung und der Blick aus dem Fenster auch, wenn es dunkel wurde und wenn man die Straßenbahn ignorierten konnte, die direkt darunter vorbeifuhr.

Die Linie geht durch bis zu dir, hatte ich meinem Vater gesagt, als er mich mit dem Auto in dem Vorort abholte, in dem ich aufgewachsen war. Anders als Martin antwortet mein Vater selten in dem Ton, der einem Sicherheit vermittelt. Das ist ja praktisch, hatte er geantwortet, dann kannst du uns ja öfter besuchen kommen, Susanne und ich, wir freuen uns auf dich.

Ich habe ihm auch erzählt, dass ich einen Nebenjob nur deshalb bekommen habe, weil ich behauptet habe, mein Vater wäre Winzer.

Aber was habe ich denn mit einem Winzer zu tun, hatte mein Vater irritiert gefragt.

Nichts, hatte ich ihm versichert, oder sehr viel, hatte ich gedacht, jedenfalls war er auch immer vor Ort und an sein Grundstück gebunden und schaute häufig sorgenvoll in den Himmel, so, wie das Leute tun, für die das Wetter wichtig ist.

Aber musst du dich nicht auf dein Studium konzentrieren, hatte mein Vater gefragt, ist das nicht wichtiger.

Das mach ich ja auch noch, kein Problem.

Es stimmte, in der Vergangenheit war es für mich nie ein Problem gewesen, alles auch noch nebenher zu machen, ich hatte das immer geschafft in der Schule, aber gute Noten machten auch niemanden weniger traurig, die fragten immer nur, und, was kommt als Nächstes?

Ich hatte mich also noch in Psychologie eingeschrieben, aber das waren nur noch die Überreste vom Abitur gewesen, und von meinem Fleiß, der mir in der Zeit noch etwas bedeutet hatte, man kann schon überall die Beste sein, aber das heißt nicht, dass man davon irgendetwas spürt. Im Bacchus spürte ich mehr, das Wasser zum Beispiel beim Spülen und meine Muskeln im Handteller, wenn ich den Schwamm ausdrückte, ich spürte die Spannung in meinem Bizeps, wenn ich Teller zu den Tischen trug, und ich spürte, wie mein Herz sich hob, hinten im Hinterhof, in dem ich rauchte und müde war nach der Schicht, immerhin war ich dann wirklich müde, immerhin, hatte meine Mutter gesagt, als sie früher noch einen Garten hatte, auf den sie im Spätsommer blicken konnte, sieht man dann, was man gemacht hat.

*

Mit der Zeit gingen mir die Gemeinheiten aus, die ich Sophia auf den Tresen rotzen konnte, um möglichst menschenfeindlich klarzustellen, dass der nächste, übernächste und überhaupt jeder weitere Versuch, mir eine Therapie als Bombenidee unter die Nase zu reiben, reine Zeitverschwendung sei.

Tut jedem gut. Ist wie Wellness, sagte sie dann immer, und ich fühlte mich in solchen Momenten zwar immer angenehm mütterlich umsorgt, aber auch irgendwie in der seligen Ruhe in meiner Welt fein säuberlich gestapelter Blackboxen gestört. Zugegeben: Ihr Wissen über die sozialvirulenten Versehrtheiten und Schieflagen einer verzogenen Nuller- und Aufwärtsgeneration war enorm, trotzdem sah ich mich aber nach wie vor nicht als potenzielle Kundschaft. Kalt duschen, weitermachen. So habe ich das gelernt, und so wird das durchgezogen. Im Laufe eines Schrammenlebens hatte ich meine eigenen Techniken entwickelt, mit denen ich zum einen meine emotionalen Schusswunden zumindest notdürftig verarzten konnte und mir zum anderen die mir zutiefst suspekten Cordhosen und ihre ewigen Hmmms vom Halse gehalten hatte.

Medikamentenausgabe, Schwester! sagte ich mit einem kreuzgemeinen Unterton und zeigte auf die noch verschlossene Flasche Zweigelt Cuvèe, und der nächste gut gemeinte Anlauf therapeutischer Mission blieb kopfüber im Acker wie ein kerzengerade vom Himmel gefallener *Canon-man* stecken.

Ibu?

Sich nicht entscheiden können*

Wurst oder Käse, fragte ich. Es war Abendessenszeit, und ich besuchte meinen Großvater im Pflegeheim.

Was, erwiderte er.

Ob du Wurst oder Käse magst, wiederholte ich.

Wie, fragte er.

Lyoner oder Gouda, sagte ich und schrie schließlich verhalten, Wurst, schrie ich, oder Käse.

Mein Opa sah mich verständnislos an. Die anderen Bewohner waren schon fertig mit dem Essen, und ich schnitt das Körnerbrot in zwei Hälften, strich dünn Margarine darauf, belegte eins mit Wurst und eins mit Käse, trennte die Rinde ab, schnitt ihm das Brot in kleine Stücke, aber mein Großvater presste die Lippen zusammen und drehte den Kopf weg, bis ich die Schnittchen wieder auf den Teller zurücklegte und später in den Biomüll schmiss.

Acht Tage später hielt ich die Urne mit seiner Asche in meiner Hand, das war meine letzte Frage an ihn gewesen, und daran muss ich jetzt öfter denken, zum Beispiel wenn ich gefragt werde, Pizza oder Pasta, Weißburgunder oder Chardonnay, und möchtest du lieber auf dem Stuhl oder auf dem Bänkchen sitzen.

*

Eine weitere meiner höchst effizienten Entspannungstechniken zum seelischen Entrümpeln (und damit die in meinen Augen endgültige Absage an Sophias Achtsamkeitstherapien) ist, in aller Ruhe im entfernteren Bekanntenkreis der emotional verkümmerten Wohlstandsgesellschaft beim Verrotten zuzuschauen.

Nirgendwo kann man vortrefflicher Trinkempfehlungen zur lokalen und im besten Fall dauerhaften Anästhesie aussprechen und

---

* Weinempfehlung: Deidesheimer Herrgottsacker Riesling Kabinett, trocken (Deutschland)
  Kombinierbar mit: dem Wunsch, von Beruf aus Beifahrer zu sein

die ernst wie gut gemeinten alkoholtechnischen Punktlandungen direkt am Patienten auf Wirksamkeit und Nachhaltigkeit prüfen. (Junggesell*innenabschied, Vatertag, Erstkommunion, Exekution.) Lediglich bei besonders taubgeschlagenen Ausnahmekandidaten fällt der Trinktipp schwer und muss im Extremfall gar verweigert werden.

Ich habe das Gefühl, die Familie kenn ich auch, sagte Sophia, obwohl ich Namen wie geografische Merkmale zu verschweigen versuchte und eilig durch herbeigelogene Pseudonyme ersetzte. Sophia rieb sich die Nase wie Wicky im Moment der Erkenntnis, sah kurz rüber zu ihrem dem Mittelstand entflohenen most-hated Customer an Tisch dreizehn und sagte: Stimmt's?

Beim Aktiencrash*

Nichts ist so beruhigend und therapeutisch akut wirksam, wie fallende Aktienkurse bei einem guten Glas Rotwein zu betrachten. Am besten doppelter Bildschirm. Eine Seite Nachrichtenticker, andere Seite Echtzeitkurse im Push-Modus – für mich wie ein verlängertes Wellnesswochenende mit Stirnguss.

Als junger Zivi schon wurde ich angehalten, mich in die Thematik der Rentenversicherung einzulesen, aber weder der Nachhall des Blümschen Sicherheitsmantras noch die damals unangenehm offensiv beworbenen Riesterschmonzetten wollten mir, obgleich noch schnattergrün hinter den Ohren, auch nur ansatzweise als Erfolg versprechendes Modell einleuchten. *When I'm Sixty Four* von den Beatles hat mir damals schon sehr imponiert, weil solche jungen und erfolgreichen Leute trotzdem ihre Gedanken dahin lenkten, wo kaum ein juveniler Blick hinfällt. Nach kurzer Beratung entschloss ich mich für die Börse und schaue heute schnell gelangweilt gen Boden, wenn einem deswegen ein gierschlündiger Hang zum Turbokapitalismus oder ähnlicher Mumpitz vorgeworfen wird. Zunächst in sicherheitsorientierten Standardtiteln investiert, habe ich schon vor vielen Jahren sämtliche Positionen bei meiner Hausbank aufgrund eines katastrophalen Mangels an modernen und nachhaltigen Anlageideen abgezogen und auf eigene Faust zumindest einen mikroskopischen Teil der Energiewende mitgestaltet. Grüner Wasserstoff und alles, was damit zu tun hat – der Laden läuft.

Fallende Kurse sind eine notwendige Beruhigung und Umsortierung des Marktes. Einmal feucht durchwischen, bitte. Die letzte Hausse war wie immer von Euphorie und arroganter Besserwisserei geprägt, nun heißt es durchatmen und unbeeindruckt zuschauen, wie die übliche Panik sich breitmacht unter denen, die das schnelle Glück im Daytrading suchen. Mit wenigen Ausnahmen und Experimenten pflege ich die Buy-and-Hold-Strategie

---

* Weinempfehlung: Château Boutisse Saint-Émilion Grand Cru (Frankreich)
  Kombinierbar mit: Schuhwixe, Curved Screen, Davidoff

von André Kostolany und empfinde Aktiencrashs als gerade mal kitzelige Charakterprobe oder Atemübungen für mittelmäßig eingelesene Feierabend-Aktionäre wie mich. So was sitzt man aus und lässt sich davon keine grauen Haare wachsen. Die Historie meines Portfolios gibt mir recht, basta.

Zurück zu den beiden Bildschirmen im spartanischen Homeoffice. Zu dieser lieb gewonnenen Mir-doch-egal-Zeremonie eignet sich ein schwerer Roter, der sich erst über Stunden entwickelt, wandelt, Haken schlägt, am liebsten also ein Saint-Émilion Grand Cru Château Boutisse, fachgerecht zusammengeknödelt aus Cabernet Sauvignon, Cabernet Franc, Carménère und Merlot. Genug Themen also, um bei Sauerstoffkontakt Geschichten am Fließband zu erzählen. Hier darf man schon mal ein bisschen die Muskeln spielen lassen, anstatt sich mit weingebautem Mittelmaß zu langweilen.

Finger weg von der Tastatur! Die Zahlen rattern einer Zen-buddhistischen Übung gleich an den Pupillen vorbei wie das grüne Datengemüse im Matrixfilm, und so stellen wir eine überlegene Ruhe her, um die ausgebremsten Facetten und minütlichen Metamorphosen des Roten gemütlich in den Backentaschen hin- und herschwubbern zu lassen. In der Ruhe liegt die Kraft, und das dicke temporäre Minus im Portfolio mahnt uns zu Demut und Bescheidenheit. Verlust gleich Erholung. Loslassen und Ausatmen. Sollte ich mit derlei Ansichten bei der kommenden Revolution auf der Guillotine landen, kann ich prima damit leben – und sterben.

Sophia packte schon mal ihre Sachen zusammen, um nachher die letzte Bahn zu bekommen.

Layla hat mal wieder Herzkram. Ich mach ihr jetzt Pesto und bring ihr den Merlot mit, das holt sie ganz gut runter. Die weint schon den ganzen Tag.

Ich blätterte beiläufig die Karte des Bacchus von vorne nach hinten und wieder zurück, strich aus einer weiteren Karte mit Edding den Glühwein von der Seite mit den monatlichen Empfehlungen, erinnerte mich, dass ich erst gestern das Eisfach mit den neuesten Beyond-Meat-Kreationen vollgeschaufelt hatte und entschied mich, zu Hause zu essen. Pesto ist kein Nahrungsmittel, sondern eine frühmittelalterliche Verzweiflungstat. Irgendwelche herbstverlorenen Unkräuter mittels einer zugegebenermaßen ganz anständigen Technik zu konservieren, um die vermaledeite Groß-familie irgendwie durch den harten Winter einer karg italieni-schen Bergregion zu bringen. Pesto ist Betrug am Kunden. Ein-fallslos, studentisch. Ebenso: Carbonara. Carbon! Kohle! Nach Köhler Art. Den Beruf gibt es gar nicht mehr. Mir blieb nichts als ein verbitterter Blick der Verachtung, wenn Sophia und ihre Studi-Freund*innen sich mit rot begeisterten Backen zum nächs-ten WG-Pasta-Slam einluden. In meiner strunznaiven Vorstellung visualisierte ich zu solchen Get-togethers immer die Flasche Wein mit dem süßen kleinen Hasen auf dem Etikett, den irgendeine ihrer Freundys nur deshalb im Unverpackt-Laden gekauft hatte, weil eben dieser unglaublich süße kleine Hase aus dem Unterholz der Lüneburger Heide griente. Um im selben Moment demütig zu erkennen, dass doch ich es war, der als Opfer aller Etiketten-opfer gerne mal sein gesundes Halbwissen über Elektronentrans-port in der Atmungskette, auch Gärung genannt, beiseiteschob, sobald mir ein Etikett mit microgetargetem Tanderadei vor die Nase gehalten wurde.

Nach heftigen Schattenkämpfen um die literaturwissenschaft-liche Sprachentwicklung und meine abgrundtiefe Verachtung für die letzten drei Rechtschreibreformen aber fand ich mich mit So-phia in einer munteren Probierphase zwischen ys und *innen wie-der, die mich zunehmend forderte, aber schließlich zum Besseren formte und uns streckenweise dramatisch amüsierte.

Alle Menschys werden Brudys und Schwestys, wo dein sanfter Flügel weilt, sangen wir sturztrunken auf dem Heimweg, bis sich unsere Wege allnächtlich am Kreisel vor dem S-Bahnhof trennten. Schreibst du eine neue Melodie dafür? Sonst groovt's nicht. Na klar. Jetzt wird aufgeräumt. Bis morgen, mein kleiner Götterfunky.

Und *innen!

Hau ab jetzt!

Eigentlich drauf stehen, beim Sex als dreckige Nutte bezeichnet zu werden, und jetzt die eigene Emanzipation überdenken müssen*

Ich habe meiner besten Freundin Layla bei ihrem akuten Problem diesen Domina mitgebracht, weil er so billig war, wie sie sich ohnehin fühlte. Außerdem passte er gut zu Pasta. Davon machten wir uns dann zwei bis drei Kilo, aßen die Nudeln mit grünem Pesto und tranken die gesamte Flasche. Ich erinnerte sie daran, dass Leute schon immer skandalös waren, und schenkte ihr meinen eis.de-Gutschein. Sie bemerkte, dass der Wein aus der Provence war. Ich buchte ihr einen Flug dahin, sie stornierte ihn wieder und meinte, sie müsste sich jetzt erst mal von den Schamgefühlen ihrer Mutter befreien. Es sei schließlich ihr Leben! Sie fing an zu weinen.

---

* Weinempfehlung: Petra Brand: Randersackerer »Ewig Leben« Domina, trocken (Deutschland)
Kombinierbar mit: Barilla Pesto, Netflix, Taschenspielertricks

Greta*

Die Anschaffung eines neuen Autos war, ist und bleibt für Jung und Alt ein aufrührendes Unterfangen. Mit Planung, gründlicher Recherche, sorgfältigen Preisvergleichen und aber vor allem der detailverliebten Konzeption des Interieurs erfreuen Sie über Wochen und Monate Familie, Kollegen und Freundeskreis.

Ihr mittelständisches Unternehmen für Kunststoffformgebung im Sanitärbereich läuft gut, eine unerwartet hohe Steuerrückzahlung gibt den finalen Impuls zur Kaufentscheidung, und gut gelaunt trifft man sich zur Schlüsselübergabe im Autohaus. Der »Alte Brummer« (ja, man gewöhnt sich schon sehr an so ein Fahrzeug mit den Jahren) hat seine Schuldigkeit getan – dreihundertfünfzigtausend Kilometer muss man von einem deutschen Qualitätsprodukt erwarten dürfen. Aber alles hat seine Zeit, und das Leben ist geprägt von Wandel. Ein Audi A6 allroad Quattro soll es nun werden. Zwar ist der Allradantrieb für die hiesigen Klimaverhältnisse (vom jährlichen Skiurlaub am Obergurgl einmal abgesehen) etwas übertrieben, transportiert aber doch, sind wir einmal ehrlich, die immer noch agile und sportlich-patente Energie eines erfolgreichen Mannes in den besten Jahren eindrucksvoll nach außen. Der alte Sechser Baujahr zwo-elf (Turbodiesel) hatte zwar auch schon ein paar standesgemäße Pferdchen unter der Haube, aber den Standardantrieb V6 Diesel tiptronic mit selbst sperrendem Mittendifferenzial hat man ja auch nicht alle Tage. Ein frischer Akzent dieser Art streichelt das Ego, und man hat abends im Wirtshaus was zu erzählen. Mit dem nicht gerade billigen, aber in der Summe doch sinnvollem Allroad-20-years-Paket ist im Rundumschlag alles dabei, was das Leben auf kurzen und langen Strecken angenehm macht und vor allem, was der Gattin sehr wichtig war, den Sicherheitsaspekt gebührend berücksichtigt. Gletscherweiß metallic, ansonsten gilt hier die Devise: nicht protzen, aber doch ein bisschen die geschmacklichen Muskeln spie-

---

*   Weinempfehlung: nichts
      Kombinierbar mit: Sonax, Mangochutney, MDMA

len lassen und produktverliebte Details mit dem extra Portiönchen Pfiff dürfen natürlich auch nicht fehlen: Alu-Gussräder im konservativ-dynamischen Fünf-Doppelspeichen-Design (teilpoliert), farbig beleuchtete Einsteigeleisten, Dekoreinlagen im Aluminium-Dyade-Jangalsilber, Alcantara, na klar. Bisschen was muss schon.

Die überschwängliche Festtagsstimmung daheim wurde durch den Paukenschlag ins Unermessliche katapultiert, als die Meldung verkündet wurde, dass für Sohnemann zum erfolgreichen Abschluss der ersten Semesters Internationales Recht gleich noch ein kleiner, spritziger SUV Citycarver mitbestellt wurde. Im Doppelpack haben Sie einen ordentlichen Rabatt aushandeln können (man bleibt am Ende doch immer Geschäftsmann), und so wurde es auch für den Sprössling das Interieur-advanced-Paket in der Mono-pur-550-Kombination. Er hat es nicht immer leicht gehabt unter Ihrer starken Hand, aber das Ergebnis lässt sich mittlerweile sehen, und nun ist der Zeitpunkt gekommen, eine auch nach außen deutlich erkennbare Gratifikation auszusprechen – Leistung muss sich lohnen. Sie hatten es früher auch nicht leicht.

Im sommerlichen Garten ist die Tafel gedeckt, Mutti legt die Burger auf den Grill, und Onkel Karl hat soeben die faszinierende Bluetoothtechnik für sich entdeckt und zaubert mittels seiner Android-Gurke mit Sturzhülle ein fetziges Potpourri in den kabellosen Außenlautsprecher. Lynyrd Skynyrd – *Simple kind of man,* Scorpions – *Rock you like a hurricane,* Herbert Grönemeyer – *Männer,* Santiano – *Tanz mit mir,* Depeche Mode – *Personal Jesus,* Elton John – *Can you feel the love tonight,* Das Musikkorps der Deutschen Bundeswehr – *Zapfenstreich,* Scooter feat. Timmy Trumpet – *Paul is dead,* Hans Harz – *Die weißen Tauben sind müde.* Dann schaltet er auf random und widmet sich in höchster Konzentration der triefenden Marinade für die Schweinenackensteaks. (Bisschen scharf, bisschen rauchig und als Sahnehäubchen für die Frische und die Feuchtigkeit ein kleiner Schwupp Mangochutney – bisschen was muss schon.)

Liebe Gemeinde: Ich würde für diesen Anlass noch nicht einmal meinen Praktikanten zum Kiosk schicken und empfehle irgendeine liebliche Plörre aus dem Touri-Rip-off-Laden am Drachenfels, denselben, in dem Sie Ihre muffigen Christopherusplaketten für den »alten Brummer« gekauft haben. Auf den Etiketten dieser Zuckerschleudern finden sich in der Regel debil grinsende Putten, die von irgendwo obszön ins Bild hängen, am unteren Bildrand meist irgendwelche sinnlosen Gold- und Silberplaketten oder random historische Köpfe. Mal die bronzene Medaille der Godesberger Schlabberkrönchen, mal offensichtliche Rädelsführer der heiligen Inquisition oder in Einzelfällen auch Florian Silbereisen. Kühlen Sie den Tropfen gut, denn sonst bekommt man davon Flugherpes.

Gönnen Sie sich eine ordentliche Portion, bis Sie die Überflüssigkeit Ihrer unternehmerischen Selbstgefälligkeit nicht mehr spüren, sabbern Sie ein letztes Mal Ihr Gejammer nach staatlichen Rettungsschirmen in Ihr Diktiergerät und beginnen Sie sodann lautstark mit dem Slogan »Grenzen dicht!« eine (Schwarzwälder) Tortenschlacht. Ihre Unverfrorenheit, die mitteleuropäische Sozialgemeinschaft erneut mit einer CO_2-Schleuder biblischen Ausmaßes zu belasten, grenzt an Körperverletzung. Sie transportieren die längst überholten Anachronismen einer blutbefleckten Ideologie lachhafter Statussymbole in eine junge, noch unschuldige Generation und verballern auf dem Gaspedal Ihres Patriarchatsboliden die letzten fossilen Reserven, anstatt Ihre visionäre Kraft den erneuerbaren Energien zu widmen. Die junge Generation ignoriert Sie bereits seit Jahren und wartet auf das Erbe, der Einzige der noch nichts vom Outing Ihres Sohnes weiß, sind Sie (Mutti hielt das für strategisch »sinnvoller«), und nun können wir noch mal gemeinsam überlegen, wer Ihnen seinerzeit des Nächtens wohl »Heil Hitler!« mit Rasierschaum auf den »alten Brummer« geschmiert hat, als er strunzenvoll und auf MDMA edelster Güte nachts mit dem Fahrdienst der Bahnhofsmission vom Christopher Street Day nach Hause kam, um mit den Demütigungen Ihres notorischen Leistungsdenkens, denen er jahrelang schutzlos ausgeliefert war, auch nur einigermaßen klarzukommen. Bitte nehmen Sie noch einen kräftigen Schluck und verlassen Sie dann unauffällig das Gelände. Machen Sie den Weg frei für eine junge, klügere Generation. Danke.

Tagesschau*

Martin spricht von mir als Teil einer jüngeren und klügeren Generation, aber die meiste Zeit habe ich Angst.

Wovor denn, fragt meine Therapeutin.

Dann brauchst du eine Krankschreibung, meint Birgit vom Bacchus.

Nein, nein, sage ich, heute ist nur so voll, wegen der Uni und dann hat meine Freundin Layla auch noch eine Premiere heute Abend, aber morgen bin ich wieder im Laden, versprochen.

Mund abputzen, weitermachen, würde Martin sagen und gehen.

Versprochen, fragt Birgit grimmig, weil sie jetzt Rike anrufen muss, und Rike spielt gerne Rondò Veneziano auf voller Lautstärke und vergisst manchmal, die Kasse richtig abzuschließen.

Ja, sage ich, lege auf und schaue diesem Tag beim Vorbeiziehen zu, ich halte ein bisschen die Hand in seine Gischt, als säße ich auf einem Motorboot, und die Stunden würden unter mir vorbeischwappen, ich halte die Hand rein, um den Tag damit zu teilen.

Das ist einfach nicht mein Tag, sage ich irgendwann. Weil niemand neben mir ist, der mir das bestätigen könnte, schaue ich online nach, wessen Tag es denn war, es war Boatengs und Prinz Harrys, im Internet gibt es viele Impulse ohne Handlungsbedarf.

Man könnte einfach die Benachrichtigungen ausschalten oder das Handy beiseitelegen, aber an einem Tag, der einem nicht gehört, kann man keine Entscheidungen treffen, da muss man die Arme heben und sagen, ich bin auch nur Zuschauer, keine Ahnung, heute bin ich ein Trittbrettfahrer in meinem eigenen Leben, heute bin ich mein eigener Tinnitus. Ich sage ihm zu, die Algorithmen sagen mir zu. Sie zeigen mir nur noch das im Feed an, auf das ich auch Hunger habe. Ja, ja, ja, ja. Auch Kunst ist jetzt Content. Irgendwo brennt es. Irgendwo hat jemand jetzt seit Monaten, Jah-

---

*   Weinempfehlung: Michael Teschke, »Portugieser Kleine Fabrik«,
     trocken (Deutschland)
     Kombinierbar mit: Bildschirmsperre, AdBlock, Flugmodus

ren die Verwandten nicht mehr gesehen. Und ein Kind bekommt das rechte Auge mit einem dicken Pflaster zugeklebt. Irgendwo steckt ein Wissenschaftler etwas in dickes Polareis und macht sich Sorgen. Jemand schminkt sich in vier Schritten die Augenbrauen dominanter. Ein Bauer trägt grüne Hosen aus dickem Stoff, er hat breite Hüften und große Hände und öffnet abends den Hosenknopf. Ein paar Kühe fahren in einem Transporter lange über die B27. Ein Golden Retriever kann gut eine leere Blechdose auf seiner Nase balancieren. Irgendwo hakt jemand Chats ab wie Checklisten und präsentiert seine Arbeitsergebnisse. Und jemand macht Yin Yoga, und einer hat einen Screenshot von seinem iCal-Kalender. Taylor Swift trägt ein enges Kleid. Und einer fragt, ob ich noch etwas für ihn erledigen könnte.

Um zurück vom Bildschirm in den Körper zu kommen, braucht es einen leichten Rotwein, der schnell bis in die Fersen fließt, die immer noch auf dem Boden stehen, schau einer an, dem Boden, auf dem man steht, die Fliesen und den Abtreter und den Windfang und den Regenschirm gibt es noch, mit dem man vor die Tür gehen könnte, wenn man bereit wäre für die richtige Welt. Für die richtige Welt ist man nie bereit. Vor der richtigen Welt wird man immer gewarnt. Die richtige Welt sieht man abends im Fernsehen, während man die ganzen letzten Tage freundliche Leute getroffen und sich mit den Arbeitskollegen gut verstanden hat und den Postboten grüßte und eine Rechnung bekam, die aber nicht so schlimm war wie in den Filmen immer. Die richtige Welt sieht man dann abends, im Leben hatte man vielleicht immer nur Glück.

Ich möchte die Tagesschau verklagen, weil Susanne Daubner nie länger bleibt und einfach noch eine Weile aufmunternd in die Kamera guckt, damit auch die Zuschauer sich gesehen fühlen können, und weil sie nie sagt, wie viel man fühlen muss, wenn sie von Toten in den Nachrichten berichten und ob das okay ist, wenn das nur noch manchmal eine ganz leise Betroffenheit auslöst und wenn selbst die sich nicht mehr richtig zuordnen lässt, warum Jens Riewa im seriösen Tonfall die Lottozahlen aufsagt, als wäre das ein Lösungsansatz, als wäre es in Ordnung, auf ein paar Zahlen zu wetten und vermutlich falschzuliegen, als wäre das die aufmunternde Botschaft am Ende, als handle es sich um ein System, das von den Öffentlich-Rechtlichen unterstützt werden sollte. Es reicht dann nicht, sich wieder im Körper zu fühlen. Was man machen muss, um rauszukommen, ist, das auf Instagram zu teilen und das Weingut zu markieren.

Traum*

Dieser Rosé ist wie ein Blumenstrauß, der einem um die Ohren geschlagen wird, nach den ganzen Preisverleihungen auf blank poliertem Boden, nach dem glatten Lächeln und dem Händedruck und dem Durchgewinktwerden.

Layla schlittert sich so durch den Abend, sie kann es kaum glauben, die ganzen Schmirgelpapierstunden davor, das ganze Stolpern und Schlingern, die Rotzwasserjahre, die Schweißperlen und heute Goldohrringe auf glatter Haut. Du hast dir das verdient, sagen andere, und gießen Sekt nach oder Champagner, Layla kann das nicht voneinander unterscheiden, wenn sie die Flasche nicht vor sich sieht, die letzten Jahre hat sie Red Bull getrunken, Cola Zero und grünen Tee bis zwei Uhr morgens.

Das war das, was ich immer wollte, sagt Layla, genau das, und dabei schaut sie auf das gestreifte Tischtuch, auf dem ein Bankett-Büfett serviert wird, und auf den Vorgesetzten mit seinem gespannten Hemd.

Gut, sage ich, bleibe einfach in der Nähe und wische mir den letzten Tag unauffällig aus dem Gesicht. Der Champagner, den sie trinkt, fährt sich mit Sonnencreme durch die Haare, der macht keinen Halt, Champagner schmeckt jedem, und sie nippt die Bläschen so weg und lacht und muss mit den anderen, die mitbekommen haben, dass sich ihr Traum gerade erfüllt hat, schon wieder über die nächsten Projekte sprechen, sie wird herumgereicht, ein Ausnahmetalent, sagt jemand, ein Star. Layla weiß, sie hat es sich verdient, mit schmerzenden Füßen in hohen Schuhen in einem vollen Saal zu stehen und sich auf die Toilette zu wünschen, um dort für einen Moment die blanke Trennwand anzustarren.

---

*   Weinempfehlung: Miraval Côtes de Provence Rosé (Südfrankreich)
Kombinierbar mit: Blasenpflaster, Microdosing, Schlafproblemen

Ich hatte diesen Rosé im Kühlschrank. Du hast es geschafft, sage ich, als sich Layla völlig erschöpft auf das Sofa fallen lässt und ihre Timeline durchscrollt, herzlichen Glückwunsch.

Huch, sagt Layla, beim ersten Schluck, was ist das denn. Dann schweigt sie andächtig. So lange, bis ich nicht mehr weiß, ob sie den Wein noch schmeckt oder einfach nur ihr Gesicht stillhält, immer noch unerschrocken frontal, wie gegenüber den Männern, die vor ihr mit eheberingten Händen und dicken Oberarmen weit gestikulieren, während mir das Wort Menschenschlag wieder einfällt. Gut oder, frage ich.

Ja, sagt sie, so intensiv. Bei dem Rosé muss man die Waldbrombeeren mit spitzen Fingern aus den Ranken zupfen, man kann während des Trinkens vorsichtig den Fuß aus einer großen Bärenfalle herauswinden und vor Freude weinen, weil man überlebt hat, die Zeit bis hier hin, und den Abend, und irgendwann weint Layla nicht mehr aus Freude, sondern nur noch aus Erschöpfung, weil sie heute so schön aussehen musste, ausgerechnet an dem Tag, an dem sich ihr Traum erfüllte, musste sie für andere schön aussehen. Jetzt nicht mehr, sage ich, und Layla nippt am Rosé, nicht rot, nicht weiß, aber eine leuchtende Zukunft vor sich, und dann stellt sie ihr Handy aus.

Kork*

Ich erinnere mich an einen Abend mit einem guten, alten Schulfreund (und dies ist, ich schwöre beim heiligen Bacchus, eine wahre Geschichte!), an dem ein berufliches Upgrade gewaltigen Ausmaßes gebührend gefeiert werden sollte.

Henning erwartete mich bereits in würdevoller Haltung in seinem Arbeitszimmer vor einem gewaltigen Mahagoni-Schreibtisch und sprach, für ihn sonst eher unüblich, jeden noch so trivialen Satz mit bedeutungsschwangerem Pathos und staatsmännischen Kunstpausen.

Nachdem er mir Gewicht, Chronologie und pikante Details des gewaltigen Coups ausführlich bei einem immensen Berg Bratkartoffeln dargelegt hatte, machte er sich würdevoll auf in Richtung Weinkeller, kam mit einer blickdicht zugestaubten Flasche Rotwein zurück und hob an zu folgendem Monolog:

»Als ich geboren wurde (diese Begebenheit lag zu diesem Zeitpunkt 35 Jahre zurück), kaufte mein Vater diese Flasche Châteauneuf-du-Pape, legte sie geschützt von diversen Pappkartons in die hinterste Ecke des Weinkellers, rührte sie nicht mehr an und erzählte mir feierlich an meinem achtzehnten Geburtstag davon, begleitet von Ermahnung und Ermunterung, diese einmal zu öffnen, wenn *der richtige Moment dafür gekommen sei.*

Der Moment war nun offenbar gekommen, und mir wurde die Ehre zuteil, diesen mit zu begehen. Ich war stolz.

Zwei dickbäuchige Gläser wurden eilig herbeigebracht, *Shine on you crazy Diamond* von Pink Floyd in dezenter Lautstärke aufgelegt (ja doch, Vinyl!), und alle Termine für den nächsten Tag abgesagt.

Henning zwirbelte behutsam den Korkenzieher ein, und ich folgte andächtig und mit schützend begleitender Hand jeder seiner Bewegungen.

---

* Weinempfehlung: irgendwas mit Schraubverschluss
Kombinierbar mit: Kork, Spiritus, Tränen

Er goss langsam ein, wir begradigten unsere Rücken, nahmen nach einem letzten tiefen Atemzug den ersten Nip, schlossen die Augen, und Henning sagte das, was wir beide dachten: Scheiße. Kork.

Verlust, liebe Freunde, lässt einen jeden von uns dann und wann demütig und sprachlos zurück.

*

Boah, siehst du scheiße aus, sagte Martin, als ich am nächsten Morgen mit deutlicher Verspätung im Bacchus eintraf.

Dito, sagte ich, Layla braucht mich halt im Moment.

Martin musterte mich, Rosé, sagte er dann triumphierend, als hätte er mich überführt, dein Teint sieht aus wie ein Schiffscontainer Prickelwasser mit zu viel Standgas.

Stimmt, seufzte ich, gestern gab es Rosé, und bei dir geht es morgen los? Der Sommer stand an, draußen blühte alles auf, und die Motorradfahrer knatterten die Hauptstraße entlang.

Martin nickte und trommelte einen Moment lang mit beiden Handflächen auf die Theke. Jup, geht los morgen. Endlich.

Was steht an?

RBF, Potsdam, Köln Philly. Verrückt. Heute noch mal durchtanken, und dann endlich wieder vier Pirellis unterm Arsch. Flott noch an der Kreuzung vorbei, Teufelspakt für das nächste Quartal abknipsen lassen, und dann ab auf die nächste verkackte Drecksbühne.

Wir saßen lange, und Martin erzählte von den vergangenen Tourneen. Von den zahlreichen Nackenschlägen, die das halt so mit sich bringt, bis dann endlich mal die Schlange vor dem Konzert bis Groß Sankt Martin steht. Von durchgesifften Backstagesofas und der Dirigentengarderobe in Berlin, von den schlechtesten Catering-Weinen die er bis heute fehlerfrei seinen Verursachern nach Stadt, Theater und Datum zuordnen kann. Von seinem Gästebucheintrag im Weingut Stein an der Mosel und von der immer neuen Adrenalinklatsche, wenn man ihm abends die Gitarre um den Hals hängt. Von der Weinbar auf Sankt Pauli, seinem unerklärlichen Telecaster-Fetisch und der Wiener Halbtagsprinzessin. An seiner Lieblingsanekdote konnte ich mich, obwohl er sie schon einmal zu oft über den Tresen geschmiert hatte, nicht satthören: Als ein junger Vater und Bewunderer seiner Musik erbost in die Schule stürmte und die verweigerten Punkte für seine Tochter einklagte, weil diese Martins Bandnamen bei Stadt-Land-Fluss eingetragen hatte, und ihr das skandalöserweise als Fehler angestrichen worden war. Schließlich spricht er von dem Mittelpunkt seiner erkämpften Weinwelt. Ellerstadt, City of Sha-la-la, wie er es nannte. Ich konnte eine ganze, lange Nacht nicht schlafen, als er in diesen Zusammenhängen einmal erzählte, dass er das Wegfahren liebe, aber das Ankommen eben nicht.

Irgendwann will ich mal nur Wegfahren, sagte er. Mir war plötzlich kalt geworden, und ich hatte ein Stück Apfelstrudel aus dem Personalkühlschrank in die Mikro genestelt.

Auf Tour*

Meine Karriere als Bühnenmensch hat mich recht spät erwischt und war weder geplant noch gewollt. *In den besten Jahren* empfinde ich bis heute als Beleidigung. Es waren Dritte, die mich ernsthaft ermahnten, gefälligst mein Zeug auf die Bühne zu bringen, sonst sei ich ein Vollidiot. Nun gut. Wenn du als Mittvierziger auf die Berufsfrage hin mit *Musiker* antwortest, zucken die Leute zusammen, schauen dich an wie bei einem glimpflichen Autounfall ohne eigene Beteiligung und sagen zwar nicht, aber denken: Ach Gott, der arme Junge.

Mich macht diese Arbeit sehr glücklich. Dennoch: Mich ausschälend aus der (zugegebenermaßen) recht sicheren Position eines autarken Musikproduktionsbetriebes, war ich immer der Ansicht, dass dieses extraterrestrische Projekt Fortuna Ehrenfeld nur taugt, wenn es aus sich selber heraus existieren oder, mit anderen Worten, in akzeptabler Zeit der dauerhaften und kompfortablen Wirtschaftlichkeit zugeführt werden kann.

Also ging es, mit dem spitzesten Bleistift und auf ein Minimum der Machbarkeit heruntergerechneten Mini-Tross in einem schrottigen 320er T mit LPG-Antrieb auf die erste Ochsentour. Oder, wie wir Musiker sagen: Wir gurkten durch den Spinat.

Klinken nicht putzen, sondern polieren, alles spielen, was geht. Theatercafé, offene Bühne auf dem Stadtfest neben der Pommesbude, Wohnzimmerkonzert. Ein Jahr, das an körperlicher Anstrengung und Seeräuberromantik nicht zu überbieten war. Der Firma Dallmayr gehört aufgrund der flächendeckend aufgestellten Kaffeeautomaten in den Sanifair-Oasen lebenslang die Lizenz zur Herstellung, Weiterverarbeitung und zum Verkauf von Kaffeeprodukten aller Art entzogen. Der hochgeschätzte Kollege Rainald Grebe prozessierte bis in die zweite Instanz gegen ebenjene

---

* Weinempfehlung: Weingut Christian Bernhardt, »Don't Touch«,
  Cuvée (Deutschland)
  Kombinierbar mit: Altöl, Fernweh, Schlabberkaffee von der Tanke

Raubritter der Pinkelsteuer und verlor am Ende doch, zerrte dabei aber immerhin die ganze Verlogenheit und Korruption rund um das Bundesfernstraßengesetz FstrG ans Licht.

Nur der liebevollen Arbeit unseres damaligen Labels Grand Hotel van Cleef ist es zu verdanken, dass wir nicht noch länger auf ab- oder im schlimmsten Fall vollgewichsten Sofas einen Sechzehn-Stunden-Tag mit einer lauwarmen Dose Bier in der Hand zu Ende würgen mussten und zumindest im Jahre der Fortuna römisch zwo immerhin mal die Pritschen des Ibis-Budgets der grauen Vorstädte der Republik durchschnarchen konnten.

Unsere Strategie war damals, uns möglichst bescheiden und kooperativ zu verhalten, egal, wie unmachbar die Situation erschien. Dementsprechend spärlich waren die Bestellungen auf der sogenannten Catering-Liste (auf der sich bei renommierteren und zuweilen überkandidelten Künstlys wahlweise acht Flaschen Jack Daniels, Schokolade in mannigfaltiger Variation glutenfrei, Vollnuss, aber allergiegetestet, oder ein halbes Spanferkel, im Loch gegart, finden) formuliert, und lauteten wie folgt: drei vegane Mahlzeiten. Bier, Wasser, Kaffee und eine Flasche passablen trockenen Rotweins.

Ich kürze ab: Letzteres war für die meisten punkigen Mini- und Medi-Clubs der deutschsprachigen Musiklandschaft offenbar eine schier unüberwindliche Hürde, und ein ums andere Mal ereilte mich das Schicksal des Rüpelsheimer Nierentritts aus dem örtlichen Discounter.

In mir wuchs eine Frage, ein Wunsch, ein Begehren: Irgendwo da draußen, so dachte ich, musste es noch sehr viel mehr Leute geben, die, genau wie ich, eigentlich nicht so richtig Ahnung von der Materie hatten und trotzdem einfach keine Scheiße verkauft kriegen wollten.

Ich kürze ein weiteres Mal ab: Ich hatte einfach die Schnauze voll, stellte die Sinnhaftigkeit des fortunesischen Unterfangens täglich auf den langen Fahrten mit leerem Blick in die vorbeiratternden Gelegenheitslandschaften infrage. Bis wir an einem Tag, der alles verändern sollte, in Speyer zum Songwriterfestival aufschlugen. *Na, ihr so?, – Bombe, mega, schön, dass ihr das seid*, freundliche Begrüßung. Weiterschlurfen durch den Saal. Same but immerhin lovely shit, different day.

Plötzlich jedoch fiel mein Blick auf wenige, aber gut sortierte Weine im Backstagebereich. Ich war allein.

Ich schaute mich timid um und schaltete leicht gebückt in den Schleichmodus wie Heinz Sielmann in der Serengeti auf dem Anrobb zum gelbfüßigen Schnabelstorch. Ich näherte mich zaghaft und ungläubig, immer gewahr, einem Hologramm oder hinterhältiger Trickbetrügerei aufgesessen zu sein. Korkenzieher? Check. Temperatur, circa sechzehn Grad? Check. Glas? Check. Auf dem rückseitigen Etikett: Ellerstadt, Pfalz. Oha!

Ich entkorkte leise, schnüffelte, schnüffelte, schnüffelte und drückte mit Tränen in den Augen das gebenedeite Kleinod an meine Brust, schloss die Augen und seufzte leise: *MEIN Schatz!*, und stotterte ein zaghaftes »Vivat Bacchus, Bacchus lebe!« hinterher.

Nach getaner Arbeit notierte ich mir Namen und Adresse des Großmeisters, der behänd diesen sanften Roten in den letzten Sommertagen Mutter Natur aus der heiligen Pfälzer Erde gestohlen hatte.

Abkürzung, die dritte: Wenige Wochen später saß ich im Ellerstädter Familienbetrieb Christian Bernhard, dem ich in dieser Nacht noch die Ehrendoktor- und Professorenwürde h.c. in doppelter Ausführung verlieh, und cuvetierte unter seiner Anleitung den ersten Jahrgang des eigenen Fortuna-Weins. Der Beginn einer Tradition, die wir bis heute akribisch fortführen und die der Entschleunigung meines temporeichen Daseins zwei nagelneue Bremsbacken beschert hat.

Don't touch! nannte ich den guten Tropfen, der mich bis heute in jedes Theater und auf jede Bühne begleitet, dass kein*e Schuft*in, kein*e garstige*r Gesell*in, sich arglos daran vergreife.

Life is good, schmierte ich nach dem Besuch mit dem Finger auf den Motorblock des Winzertraktors und fiel in einen tiefen, seligen Schlaf.

Der 320er ging wenige Monate später mit Kolbenfresser und geschmolzener Lichtmaschine auf den Schrott.

Wenn man von einer Tournee zurückkommt, will man eigentlich einfach nur dasitzen und nach vorne in irgendeine Leere oder wahlweise, sofern vorhanden, aus dem Fenster starren – wohl wissend, dass die vielen Bilder und allabendlichen Adrenalinschocks 1.) zwar immer für den Geschockten gewaltig, aber eben auch 2.) in ihren Erzählungen gegenüber Dritten für ebenjene Dritten identisch, schnell auserzählt ergo stinklangweilig sind, also hält man sich fern von seinen Freundys und wartet geduldig, bis die ganze Suppe gemächlich aus dem Hirn gelaufen ist. Sophias Geduld, meinen Touranekdoten zumindest mit einem Ohr zuzuhören, war enorm, und nur wenn ich meine Ausführungen offenbar gar zu sehr überstresste, war das aggressive Röcheln des Strohhalms in ihrer Thermosflasche ein klares Safeword in meine Richtung, doch bitte endlich die Fresse zu halten.

Mach dir keinen Kopp!, sagte sie dann. Ich werde ja dafür bezahlt.

Die Kurtaxe hauste mir dann halt beim Trinkgeld oben drauf, sparste die Therapiestunde. Noch ein Barbera oder laberst du erst noch ein Ströphchen?

Therapie im Allgemeinen war nach wie vor ein Reizthema zwischen uns, trennten uns doch diesbezüglich tiefe Gräben. Die NASA hatte gerade erst auf ihrer Homepage die ersten Tonaufnahmen des Rovers von der Marsmission veröffentlicht. Flug und Rollgeräusche bei einer Überfahrt des Jezero-Kraters, Laser Shots auf einen herumliegenden Stein am Martian Day 12th. So was muss halt raus. Ich redete, Sophia hörte zu.

Nach langer Fahrt*

Wenn Martin über die Tour sprach, musste ich immer daran denken, wie ich vor ein paar Jahren nach Spanien gefahren bin, nachdem mein Vater mir gesagt hatte: Das mag jetzt etwas seltsam klingen, aber Susanne und ich, wir sind uns in den letzten Monaten irgendwie nähergekommen.

Wie, näher, fragte ich, und, wie, Susanne?

Ich konnte mir gar nicht vorstellen, das mein Vater überhaupt jemandem näherkommen konnte, dass er dafür tatsächlich die Hand heben, und sie auf dem Arm eines anderen Menschen vorsichtig ablegen würde, aber vielleicht war das auch nicht notwendig gewesen. Susanne hatte sich in seiner Nähe immer herzlicher verhalten, sie hatte ihm Essen vorgekocht und vorbeigebracht und sich irgendwann die Haare abgeschnitten.

Du siehst aus wie meine Mutter, hatte ich ihr gesagt, als sie einmal mit einer Tüte voll Einkäufen vor unserer Haustür stand.

Kannst du dich überhaupt noch an sie erinnern, hatte Susanne gefragt und sich an mir vorbei durch unseren Flur geschoben, da warst du doch noch ganz klein.

Susanne findet mich zu dick, sagte ich zu meinem Vater. Er saß am Küchentisch und schüttelte den Kopf, quatsch, das würde sie nie sagen, ihr habt einfach noch nicht genügend Zeit gehabt, um euch richtig kennenzulernen, unternehmt doch mal was Schönes, wie wär's, bald ist wieder Weihnachtsmarkt.

Ich gehe sicher nicht mit Susanne auf einen Weihnachtsmarkt, hatte ich gesagt. Ich wusste schon damals, was Susanne von meinem Vater wirklich wollte, sie wollte ihm in ein paar Jahren die Hand aufs Knie legen und ihn fragend anschauen können und Gästen sagen, also, bei uns gibt's eigentlich nichts Neues, und hinter ihnen würde dann ein *live, laugh, love Poster* an der Wand hängen, und dahinter wird eine weiß gestrichene Raufasertapete kommen und

---

*   Weinempfehlung: Tannat, Alpha Estate »Utopia« (Griechenland)
    Kombinierbar mit: SWR 2, FM4, Raststättenaufenthalt

dann der massive Beton eines gut gebauten Einfamilienhauses, und mein Vater würde den Kopf schütteln und sagen, eigentlich nicht, nein. Warum bin ich nicht früher gegangen, fragte ich meinen Vater.

Ich ging endgültig, als ich aufstand um zu sagen, Papa, das ist meine Tante, das ist die Schwester meiner Mutter, und er nur am Küchentisch sitzen blieb und sagte, ja, genau.

Die ganze Bahnfahrt lang hatte ich an einen schweren Rotwein gedacht, der nach dem ersten Schluck auch noch den letzten Rest Anspannung im Bauch wie eine Löschdecke unter sich vergräbt, so eine, die man im Notfall in der Küche hängen hat, die ich noch nie benutzen musste, aber an diesem Tag hatte ich Lust, Sachen zu machen, die man sonst selten macht, besonders schwere Rotweine zu trinken und Löschdecken zu benutzen, wieso nicht, sagte ich mir, wenn ich dann angekommen bin.

Ich wünschte mir so einen Rotwein, durch den man nicht sehen kann, fast schwarz, mit leicht violetten Reflexen, du darfst nicht gehen, hatte mein Vater mir noch hinterhergerufen, aber das hatte er bei meiner Mutter auch gesagt.

Die Bahn kam wie immer zu spät, heute verzeihe ich ihr das, weil es für niemanden leicht ist, pünktlich irgendwo anzukommen, es gibt immer wieder Streckensperrungen und Umleitungen, und gerade wenn alles gut läuft, wirft sich jemand, den man glaubte, gut zu kennen, ins Gleis. Damals winkte ich nur ab, als mich die Rezeptionistin des Hotels zwanzig Stunden später fragte, wie die Fahrt gewesen war. Ich war wütend auf meinen Vater, der immer meinte, ist doch alles gut gelaufen, oder, es ist doch alles genau so gelaufen, wie es hätte laufen sollen. Ankommen nach dem Reisen, dachte ich damals schon, sollte mehr sein als nur die Erleichterung darüber, dass man seinen Körper behalten darf.

Jetzt, dachte ich mir am Ende der Fahrt, kann ich endlich Tannat Cuvée trinken, obwohl ich den nie wirklich mochte, der war mir immer zu schwer gewesen, ich sehnte mich plötzlich nach wirklich billigem Sekt und nach dem Glas Vino Verde, das ich beim Portugiesen um die Ecke immer trinke.

Schon der erste Schluck dieses Weines schmeckte wie ein Richterhammer, der final auf einen dunklen Holztisch fiel. Bei ihm wurde ein Versprechen gegeben auf den letzten heißen Sommertag im September, auf ledrige Brombeeren an ausgetrockneten Sträuchern am Wegesrand im Süden, auf den Geruch von warmem Zedernholz auf dem Weg zum Strand, und vorsichtig barfuß laufen, weil man sonst auf die runtergefallenen Nadeln, auf kleine Äste mit Dornen und Kies tritt. Ich saß zwischen den Dünen und trank aus der Flasche, und es war genau so, wie ich es mir vorgestellt hatte, der Himmel verfärbte sich, eine laue Nacht brach an, ich grub die Füße in den Sand, wollte sie so tief vergraben, wie es irgendwie möglich war, um dem Gefühl etwas entgegenzusetzen, dem Gefühl, das sich nicht einstellen wollte, nämlich, dass es gut war, in der Fremde zu sein. Es war nicht gut. Ich stand auf und ging, um das Ziel wieder allein zu lassen. Wie so vieles, war auch das dem Meer egal.

Nach Erhalt einer Hiobsbotschaft*

Es gibt Tage, Monate, im schlimmsten Fall Jahre, in denen jede Form der Aufmunterung so unkreativ und banal wirkt wie ein S/W-London-Poster aus dem Baumarkt mit einem roten Doppeldecker oder eine cremefarbene Küchendeko mit Latte-Macchiato-Schriftzug. Das ist der Rosé, den ich mitbringe, wenn ich keine Worte habe. Für Leute, die beim Türöffnen so aussehen, als hätten sie ihr Gesicht den ganzen Tag über verschenken müssen und es noch nicht wieder zurückbekommen. Für die Momente, in denen das Leben die Albträume ins Color Grading geschickt hat.

Manche sollen Nuancen von reifer Orange, roter Aprikose und Renekloden rausschmecken. Martin und ich fanden, er schmeckt auf die beste Art nach der bitteren Seite des Lebens und riecht wie die verschwitzte Jacke von Johnny Cash. Ich empfehle den Wein, weil wir, als wir ihn getrunken haben, jemanden von drinnen aus beim Rauchen beobachten konnten und Martin dann sagte, der hat es gut.

Weil er raucht, fragte ich und sah Martin an, dessen Augenlider geschwollen waren, als würde ihn die Traurigkeit von innen auspolstern.

Nein, meinte er, weil er noch einen Grund hat, nach draußen zu gehen.

Ich hatte mit Martin nie über den Tod gesprochen, aber ich weiß, dass er ihn auch kannte, weil er bei Kleinigkeiten im richtigen Moment abwinken konnte, wegen seiner Augen und dem Bart und weil er, wenn ich von solchen Dingen sprach, nur nickte und sagte, ja, verstehe ich. Ich glaubte ihm das, weil er auch nie über Musik sprach, obwohl er selbst Musiker war und zwanzig Jahre lang an-

---

*   Weinempfehlung: Ivo Varbanov »Rosé Ceci n'est pas un Rosé«,
    Rusalka (Bulgarien)
    Kombinierbar mit: der Körperschwere nach dem Schwimmen, Sprach-
    nachrichten über fünf min, auf Schmerzmitteln eine gewaltige Oper anschauen

dere produziert hatte. Er machte das einfach, genau so, wie er Anrufe annahm, ins Krankenhaus fuhr und andere fragte, wieviel Geld brauchst du, sei ehrlich. Das bekam ich aus den Augenwinkeln mit, und er verbat sich dazu jeden Kommentar.

Lass gut sein, sagte er manchmal, wenn wir über Belanglosigkeiten stritten, als wüsste er, dass der Status quo, trotz aller Widrigkeiten und Differenzen tatsächlich gut war, zumindest im Vergleich zu dem, was sonst noch ging. Das Einzige, worüber Martin wirklich keine Ruhe gab, war, wenn einer im Laden nach dem vierten Glas Weißwein anfing mit: Das wird man ja wohl noch sagen dürfen.

Wir brauchen einen Plan, sagte ich, als ich gerade Gläser spülte und den vertrauten Satz am Tisch elf von zwei älteren Männern hörte, hier sind zu viele Leute, die Höcke gar nicht so schlecht finden.

Wir machen gleich einen, sagte Martin, sobald meine Amazon-Lieferung mit dem Holzpflock und den Silberkugeln eingetroffen ist, und deutete auf das Regal hinter mir, aber schenk mir erst mal von dem Spätburgunder ein.

Keinen Barbera heute?

Hubertus ist tot.

Hubertus wer?

Ein Onkel. Egal.

Nee, komm, erzähl, sagte ich und wusste, dass er erst mal zwei, drei Gläser brauchte und jede weitere Aufforderung, ihn früher zum Reden zu bringen, sinnlos wäre und auf dem kurzen Weg über den Tresen bis zu seinen heute auffällig leeren Augen und Ohren verloren gehen würde.

Die Frage muss doch sein, sagte er schließlich mit sich kaum mehr öffnenden Lippen, wie oft muss man sterben, bis die Karmabilanz wieder einigermaßen ausgeglichen ist, wenn du auf dem Russlandfeldzug an einem sonnigen Nachmittag gut gelaunt mit einer 42er ein halbes Reitergeschwader aus dem Hinterhalt umgenietet hast. Um nur ein Beispiel zu nennen. Wir schwiegen lange. Endlich sagte Martin: Oft. Mach's gut, Hubertus, hope they treat you well, du Arschloch.

Ich wusste damals nicht, was eine 42er ist. Ich googelte. Fuck.

Onkel Hubertus*

Ein die dahindämmernde Zuhörerschaft erweckendes »Ho-ho«
zwang sich immer gen Ende einer seiner zahlreichen Weltkriegs-
anekdoten über das verwitterte Gesicht meines Großonkels Hubertus, und es klang, als würde er geradezu liebevoll einen alten Gaul
über den Hof der Brauerei treiben.

»Manchmal sind schon ganz schön die Fetzen geflogen.« Wenn
dieser Satz fiel, wusste man, dass hier nicht weitererzählt werden
würde und Hubertus' Blick wanderte in einer tauben Bitterkeit in
dekalibrierte Unendlichkeiten, und niemand hätte wissen wollen,
welch unerträgliche Blutbäder sich in diesen Momenten in seiner
Erinnerung um ein verzweifeltes Vergessenwerden prügelten.

Allzu oft fand sich dann ein teilentnazifizierter Vollpfosten,
dem bei der immer wiederkehrenden Geschichte vom Sturm auf
das russische Erdloch ein ekelerregendes »Hö-hö-hö« entfleuchte.

»Kommt raus, ihr russischen Schweine! Sonst werfen wir Hand-
granaten in euer hinterhältiges Versteck!«

Hubis Erzählungen zufolge wartete man einen kurzen Moment,
bis man ohne weitere Warnungen die todbringenden Sprengkörper
warf, und es machte erderschütternd und dumpf *bumm*. Der Kopf
des Onkels senkte sich dann immer in eine Art Schuldscham, als
er weiter berichtete, dass einer der Kameraden damals anmerkte,
die russischen Kollegys verstünden doch gar kein Deutsch, und
dann kam wieder aus irgendeinem vollgefurzten Ohrensessel: »Hö-
hö-hö«:

Seine Weinempfehlung war stoisch gleichbleibend, trotz des beein-
druckenden Wohlstands, den er sich nach überstandener Gefangen-
schaft, den Trümmerjahren und der Ölkrise erarbeitet hatte. Sicher
hätte er sich einige Ligen über dem guten Spätburgunder (Jahrgang

---

*   Weinempfehlung: Baden »Spätburgunder«, Feinherb (Deutschland)
     Kombinierbar mit: Dallmayr-Kaffee, Ferrero Küsschen, Tante Roswithas
     Bratkartoffeln

vollkommen wumpe) aus den einschlägigen Discountern Nord wie Süd leisten können.

Nach der Entschraubung folgte stets das unvermeidliche Mantra der Generation Margarine: »Doch, die haben wirklich gute Weine beim Aldi.« Nachdem er das Zimmer verlassen hatte, standen diese Worte noch eine Weile in der Luft, wirbelten sich schließlich zu einem schwarzen, fiebrigen Knäuel in der Mitte des Zimmers zusammen und klatschten sodann mit Wucht als ein »Es war nicht alles schlecht beim Hitler« an die nicht frisch tapezierte Wohnzimmerwand.

Bei einem Todesfall*

Wir sterben viele kleine Tode und dann einen guten großen. Denn nur was ein Ende findet, kann zuvor auch sein. Nur die Liebe scheint unendlich zu sein – so hört man allerorten. So weit, so gut, die Rechnung stimmt. Vielleicht. Wäre da nicht der unbequeme Sportskamerad Albert Einstein, der bereits vor hundert Jahren mit der Warnglocke gebimmelt hat, dass zwischen gravitativer Rotverschiebung und Quantenmechanik dann doch eine unscheinbare, aber gewaltige Unbekannte in der Rechnung kauert.

»Das Jetzt wurde von der Physik getötet«, fabulierte einst der Physiker Carlo Rovelli. Verstanden? Ich auch nicht. Oder vielleicht ein bisschen.

Nun, machen wir das Beste daraus. Denn mit dieser Erkenntnis in der Tasche ist es vollkommen wumpe, ob man nun die Zukunft aus der Vergangenheit berechnet oder umgekehrt – wir können uns also entspannen und es anderen meist aberwitzigen Zufällen überlassen, ob der große, gute und letzte Tod, den wir sterben dürfen, nun auf uns zugerast oder doch eher in Zeitlupe dahergeschlichen kommt. Trinken wir also auf den Tod und fangen wir heute damit an. Trinken wir lieber konstant auf die alte Drecksau, anstatt nur ein einziges Mal. Trinken und feiern wir. Darauf, dass es ihn gibt, und darauf, dass er (zumindest gefühlt) in der Zukunft liegt.

Jeder Toast auf den Tod ist ein Schluck ins Leben zugleich. Worauf warten wir? Hauen Sie ab!

Ich entschloss mich an diesem Abend dazu, Hubertus' Geschichte für mich zu behalten, und verweigerte jeden weiteren Anlauf, es mir doch aus der Nase ziehen zu lassen. Komm, dann ist es raus, sagte Sophia. Ich senkte den Kopf und blieb stumm. Reden kann

---

*   Weinempfehlung: Tenuta dell Ornellaia Masseto Doppelmagnum (Italien)
    Kombinierbar mit: der Skip-Taste, Lilienduft, Erde

helfen, muss aber nicht. Ich hatte das Recht auf meine nach innen gerichteten Momente, und schließlich folgte mir Sophia in einen sedierten Mitschweigemodus. Ich zitterte ein wenig, was mir peinlich war, aber fühlte mich ihr in diesen Minuten so nah wie noch nie.

Beim Entnazifizieren*

Am allseits beliebten Reiseziel der Socke-in-Sandale-Spinatknödel-pilger, nämlich dem beschaulichen norditalienischen Südtirol, kam mir folgende ungeheuerliche Geschichte eines Faschistenweines zu Ohren.

Im Mai 1939 beschlossen Sportskamerad Hitler und sein almost best buddy Benito Mussolini den Stahlpakt, und fortan machte sich der Hütchen-Toni eifrig daran, die Region zu italianisieren. Was niedlich klingt, war ein asozial gewalttätiges und rabiates Stück Umsiedlungspolitik.

Als gestandener Feierabendalkoholiker wollte er in diesem Zuge allerdings auch den Rotweinanbau der Region fördern, und aus-gerechnet die bis dahin unauffällig dahinkrümelnde Rebsorte Lagrein hatte es ihm angetan – traditionell die vorherrschende Traube der Region und erstmals in einer Traminer-Urkunde von 1397 er-wähnt. Lange wurde er unterschätzt, und jetzt hat sie halt dummer-weise bis heute diesen unangenehmen Duft eines abgefuckten poli-tischen Brandstifters an der Hacke.

Nun verwundert es nur wenig, dass sich reihenweise Ver-bindungslinien zwischen totalitären Herrscher*innen und Alko-holika jedweder Art finden lassen, denn auch das faschistoide Ge-legenheitsarschloch hat den Wunsch nach Rausch und Genuss. Im empfehlenswerten Weinbuch von Carsten Henn, dem Chef-redakteur des Vinum-Magazins, musste ich eine Geschichte er-fahren, die mir bis heute die nackte Wut in die Geschmacks-rezeptoren treibt.

Die Rebsorte Zweigelt und vor allem viele der daraus ent-wickelten Cuvées gehören seit Jahren zum Kreis meiner Lieblinge, aber man muss sich fragen, welches hirnverbrannte Lobbyisten-gremium den ehemaligen Rotburger in Zweigelt umbenannt hat. Und zwar elf Jahre nach dem Tod des gleichnamigen Mannes, der

---

*   Weinempfehlung: Weingut Nusserhof »Südtirol Lagrein Riserva« (Südtirol)
        Kombinierbar mit: Jogginghose, Silberkugel, Holzpflock

verbrieft ein linientreuer Vollnazi war und die charmante Mission hatte, durch die zweigeltsche Propaganda die österreichische Weinindustrie zu arisieren. Auf der Grundlage dieser gequirlten Scheiße wird bis heute der Dr.-Zweigelt-Preis verliehen. Zweigelt selber lieferte einen Schüler seiner Weinschule, der einer Widerstandsgruppe angehört hatte, an die Gestapo aus. Setzen, Sechs.

Nehmen wir es zur Kenntnis: Einige der besten hiesigen Rotweine verdanken wir den größten politischen Drecksäuen der jüngeren europäischen Geschichte.

Ich will ganz ehrlich mit Ihnen sein: Ein gut ausgebauter Lagrein ist der Hammer. Verbindlich und resolut, aber doch tänzelnd auf mannigfaltigen geschmacklichen Füßen irgendwo zwischen den Eisen-Noten der alpinen Hochgebirge und den ebenjene umschmiegenden, saftigen Almwiesen. Gerne als Barrique, unbedingt paar Jährchen liegen lassen, erhabene Freude macht sich breit. Man könnte sagen: eine sophisticated Supergranate.

»Kein Wein den Faschisten« steht in großen Lettern auf der Tribüne des Fußballstadions auf St. Pauli.

Belassen wir es dabei.

Ich habe Angst, sagte Sophia, als sie irgendeine auf dem Tresen liegen gebliebene Tageszeitung kopfschüttelnd inhalierte.

Sie kämmte die Eselsohren säuberlich aus den einzelnen Seiten, faltete das arg gebeutelte Exemplar in die ursprüngliche Reihenfolge und warf es schließlich wie ein lästig gewordenes Haustier in den Papierkorb. In der Summe aller Nachrichten eines einzigen popeligen Tages fährt die Bedrohung nonchalant spazieren wie die Bimmelbahn durchs Phantasialand, erwiderte ich.

Lass uns trinken.

Ja.

Es war immer mein Traum, mich mal vor jemanden in eine fliegende Kugel zu werfen, sagte ich.

Sophia funkelte mich an mit ihrem Blick, und ich glaubte, darin eine Frage erkannt zu haben, die sie sich offenbar nicht zu stellen getraute. Möglicherweise wollte sie mich fragen, ob ich das wohl auch für sie machen würde, aber ich weiß bis heute nicht, ob ich damit richtig gelegen hatte und ob das JA in meiner blickdichten Antwort wohl deutlich genug ausgefallen war.

Bei Kriegsbeginn und Kapitulation*

»Es ist gefühlt eine Vorkriegszeit«, sagte der von mir sehr verehrte Josef Hader vor nicht allzu langer Zeit der Süddeutschen Zeitung und er hat natürlich recht.

Im Innern wie im Äußeren, auf allen Kontinenten scheinen nach gründlicher historischer Betrachtung und Gegenwartsanalyse kriegerische Auseinandersetzungen und zwar von anzunehmend überregionalen Ausmaßen (den Älteren unter uns noch unter Weltkrieg bekannt) unausweichlich, also tragen wir es mit Fassung und bereiten uns wenigstens auf dem Alkohol- und Umtrunksektor gewissenhaft darauf vor. Nun, wie konnte es so weit kommen. Sie fragen zu Recht, und doch ist die stocknüchterne Antwort denkbar einfach, schlüssig und in meinen Augen unanfechtbar.

Bereits Anfang der Neunziger, als mein adoleszentes Ich sich mehr und mehr in spätpubertärer Reflexbetroffenheit verstrickt, in die einschlägige seriöse Tagespresse und Politmagazine aller damals verfügbaren Medienkanäle einlas und sah (unvergessen der mutige Klaus Bednarz, der im damals noch jungen Fernsehmagazin Monitor reihum den verlotterten und moralgestörten Brüllaffen der Republik den Hintern versohlte), konnte man lesen, sehen, hören, dass die verdammte Bildungsschere unübersehbar und dramatisch auseinanderging, weil ein ums andere Mal versäumt worden war, mehr Geld in den pädagogischen Apparat zu schaufeln, sodass mit einer hohen Trefferquote die Uhr danach gestellt werden konnte, ab wann wieder vermehrt die Braunscheiße an die Oberfläche blubbern würde und es die breiten Naziärsche tatsächlich wieder, trotz aller historischen Erkenntnisse, über Massenmord und chauvinistisches Herrenrassendenken schaffen würden, wenige, aber dennoch viel zu viele Sessel in unseren Parlamenten zu besetzen.

---

* Weinempfehlung: Kellerei Cantina Terlan, »Porphyr Lagrein« Riserva (Südtirol)
Kombinierbar mit: Asche, Strandhaubitze, Nazigold

Zu unserem feurigen Dystopeneintopf kommen jetzt noch die schon mit Spannung auf den teuren Plätzen der turbokapitalistischen Wohlfühlinseln erwarteten Verteilungskämpfe um so ziemlich alles, was uns lieb und teuer sein sollte, vom Internet mal abgesehen. Begleitet vom eleganten Dauerdonner der immer noch vielerorts als Kasperkram abgetanen Klimakrise, werden aus den ewigen Wunden der weltweiten Konflikte um Wasser, Nahrung, Lebensraum mehr und mehr ausgewachsene Massaker eines gestandenen Splattermovies, und selbst die Zombiemischpoke der White Supremacy und anderen bald Vergessenen klammert sich nach wie vor sabbernd an das größte Comedy-Programm der Neuzeit: Erdöl. Jetzt schippen wir noch ein bisschen Hackerscheiße und die kapriziöse Anfälligkeit des Kryptomarktes oben drauf und attestieren uns in demütiger Selbsterkenntnis, dass wir unsere simple Macht als Konsumenten an der Supermarktkasse, die Dinge theoretisch und praktisch im Handumdrehen ändern zu können, ein Leben lang quasi ungenutzt haben verstreichen lassen, und pinseln uns zu Hause ein schlichtes »Wir haben es verkackt« aufs T-Shirt, kramen für die Demo für mehr Parkplätze in unserem Szeneviertel dann aber doch noch mal den blauen, verwaschenen Lappen mit der Friedenstaube aus dem Keller.

Linksliberal-pathetisches Geschwafel? Weit gefehlt. Lediglich eine gesunde Wach-Kombi aus analytischer Retrospektive und dem kleinen Einmaleins. Mein Kioskbesitzer Ecke Vogelsanger, der auf der anderen Hälfte der Ladenfläche einen schwunghaften Handel mit Nahrungsergänzungsmitteln für den allgemeinen Pumperbetrieb etabliert hat, sagt immer: »Gibt Ärger, gibt auf Maul.«

Und recht hat er! Also auf ins Getümmel im Kampf um die letzten Fetzen Anstand und den letzten gemischten Sanitärbereich, in dem Adam damals Eva die Menstruationstasse zum Kalendersaufen im Affenhaus mit den Bonobos entwendet hat. Bereits in der Weimarer Republik etablierte sich die absatzgarantierende Parole »Wein ist Volksgetränk«, und mit einem gewaltigen Wahlversprechen auf staatliche Hilfe köderten die Nazis die deutschen

Winzer für ihre unheilvollen Machtergreifungspläne. Der Erfolg konnte sich sehen lassen, und so ging der Weinkonsum der angehenden Kriegstreibernation derart steil nach oben, dass irgendein Arschgesicht von Gauleiter in Braunschweig eine weitreichende Amnestie für alle Beteiligten aussprechen musste ob der sprunghaft angestiegenen Massenschlägereien. Das erinnert mich an eine denkwürdige Beobachtung des Starkbieranstichs am Münchner Nockherberg, als sich wenige Stunden zuvor noch vollkommen zivile, augenscheinlich gebildete und ausgewachsene Doppelverdiener des Glockenbachviertels in einer bis dahin mir unbekannten Aggressivität unter erheblichen Verletzungen mit teils noch gefüllten, teils leeren Bierkrügen bewarfen.

Alles beim Alten also, oder: »Gibt Ärger, gibt auf Maul!«

Jetzt aber kommt die gute Nachricht. Ein guter Anlass, sich amtlich einen oder besser mehrere Kanonendonnertropfen einzuschütteln, ist ein zünftiger Kriegsbeginn allemal, und da, denke ich, sind wir uns alle einig, jede gewalttätige Auseinandersetzung gleichermaßen eine gewaltige Niederlage in allen Belangen der Menschlichkeit und Fürsorge ist, gilt die diesbezügliche Weinempfehlung für die folgende Kapitulation gleich mit. Als professionelle Trinkbegleitung für beide Knüllerpartys reicht in diesem Fall also EIN ausgewogener Rotwein und wenn schon alles gegen jegliche Erkenntnisse der humanistischen Bildung in den Arsch geht, greifen wir natürlich erneut auf Mussolinis Lieblingstraube Lagrein aus Südtirol zurück. Diesmal allerdings, wenn schon, denn schon, auf einen arschgeilen Porphyr Lagrein Riserva aus der Kellerei Terlan in Südtirol.

Auf der Homepage des Südtiroler Schützenvereins wird die »Erhaltung der Heimat und des Väterglaubens« beschworen. Ich schließe meine Kladde und sinniere darüber, ob es für die fehlende Delete-Taste beim analogen Arbeiten mit Stift auf Papier eine sinnvollere Alternative geben könnte als einen Ratzefummel, doch ich verwerfe den Gedanken in ebenjener Sekunde, in der er aufkeimt. In wenigen unbemerkten Minuten an wenigen besonderen Tagen gibt mir das Bacchus Ruhe. An anderen nicht.

Beim Blick aus dem Fenster*

Der gewöhnliche Blick aus dem Fenster gewinnt rasant an Qualität durch zwei elementare Dinge: Geduld und noch mehr Geduld.

Schaut man lange genug auf das taube Gewimmel dort draußen, dekalibriert sich die Regentschaft der Synapsen in eine wundervolle Blurryness, deren maximale Erleuchtungsstufe und Relaxanz man daran erkennt, dass sich Muttis Ratschlag zum Thema schlierenfreie Durchsicht nach dem alten Geheimrezept Zeitungspapier als ein verlogener Haufen Scheiße entpuppt. Halten Sie inne. Greifen Sie nach Ihrem Weinglas, ohne hinzuschauen. Alternieren Sie gedankenverloren mittels Zonulafasern und Ziliarmuskel die Akkomodation Ihrer optischen Brechkraft, bis die Realitäten der retardierenden Trägheit der Zeitlupen nachgeben. Tasten Sie ins Nichts. Lassen Sie Ihren Arm sanft zurück auf die Fensterbank gleiten. Trinken Sie, oder trinken Sie nicht. Und schauen Sie. Die Zeit verstreicht ihre Farben in den Himmel. Ihr Leben ist perfekt.

---

*   Weinempfehlung: Kilikanoon »Killeerman's Run«, Grenache, Shiraz, Mataro (Australien)
Kombinierbar mit: Regen, Flat-White-Hafer, Zaubertinte

Beim Hören klassischer Musik*

Migräne, wer's glaubt …, chauvinierte die Chefin des Hauses, deren Namen ich mir partout nicht merken konnte, über die Theke.

Ich konnte Sophias Chefin ertragen, ernst nehmen konnte ich sie nicht. Du versenkst deine ganze Schwarzkohle in ein kernsaniertes kleines Chalet im französischen Teil der Schweizer Alpen, dachte ich kreuzgemein bei mir, und lässt deine Studis hier für 'nen Hungerlohn die Plörre durch die Gegend schaukeln. Sophia hatte sich krankgemeldet. Ich bestellte den billigsten Wein von der Monatskarte, trank zügig, bezahlte und ging nach Hause.

Werde ich nach meinen Vorbildern gefragt, antworte ich wie aus der Seifenblasenpistole geschossen: Scott Thunes, Nina Simone und Ruth Underwood. Die Plätze vier bis unendlich belegt Giacomo Puccini.

Scott Thunes war Bassist in der Band von Frank Zappa in den Neunzigerjahren zu Zeiten des genialen Does-humor-belong-in-music-Konzertes am 26. August 1984 in New York City. Schaut man dieses Konzert (es existiert ein hervorragender Konzertfilm, der für mich in vielerlei Hinsicht ein Standardwerk ist), weiß man alles über die lebensnotwendige Reibung zwischen spielerischer Hochkultur und absolut großartigem Brainfuck der unabhängigen Popkultur, auch Independent genannt. Keine Ahnung, wann sich in der Singer-Songwriter-Szene die Krampfader der Ernsthaftigkeit entwickelt hat. Schauen Sie sich das New Yorker Konzert an, und Ihre Wahrnehmung eines guten Popsongs wird nachhaltig und unumkehrbar durchgekärchert. Nina Simone ist mein unantastbares Vorbild in Sachen Haltung, Würde und künstlerischer Konsequenz. Ihre markerschütternde Stimme trifft mich bis in die letzte Faser meines Körpers, und ich rufe mir ihre Kondition und

---

* Weinempfehlung: San Marzano 62 Anniversario Primitivo di Manduria Riserva (Italien)
Kombinierbar mit: Nudelwasser, Espresso Doppio, Catagnaccio

Ausdauer ins Gedächtnis, wenn mir in schwachen Momenten die sich mir stellenden Widerstände gar zu groß erscheinen. Ebenfalls in einer der Zappa-Bands zu verorten ist die unnachahmliche Ruth Underwood, in die ich, seit ich denken kann, hochgradigst verliebt bin. Eine Gute-Laune-Maschine allererster Ordnung und ein Wiesel im Koffeinschock am Marimbaphon. Ruth ist mein unantastbares Idealbild einer angstfreien Herzmusikerin. Gar zu verkrampft kommen mir dagegen Berufsposierer und eierschneidende Gitarrensoli vor. Dave Grohl hat, wie ich finde, eine ganz ähnliche, lebensbejahende Ausstrahlung. Strahlende Menschen und Inspirationskatalysatoren – so mag ich das haben.

Puccini wiederum muss wegen augenscheinlicher Humorlosigkeit und einem gewissen Dandytum auf den vierten Platz verwiesen werden, aber da kracht es dann gewaltig. Was andere als veraltete Schinken für gepuderte Pralinen-Omis abtun, sind für mich raumgreifende Klang- und Gedankenwelten, in denen ich mich stundenlang tummeln kann, und auch nach Jahren intensiven Studiums noch weit entfernt davon bin, mich an diesen altitalienischen Schmachtfetzen sattgehört zu haben. Denn, wertes Publikum, eine Drei-Stunden-Oper wird von Mal zu Mal besser, weil mit jeder Wiederholung immer neue kompositorische Querverweise und Feinteiligkeiten zu Tage treten, die mir die Synapsen kitzeln wie kaum etwas anderes. Gegen die Gewalt eines zünftigen Flügelhornsatzes wie zum Beispiel in der Tannhäuser-Ouvertüre erscheint mir nach wie vor jede Heavy-Metal-Kapelle wie ein blechtrommelnder Kindergarten auf Bonanzarädern. Ich kann mir dieses Zeug episch lange in die Rübe dengeln und höre mich dann immer wieder leise sagen: »Fuck, yes!«

Nun fragen Sie zu Recht: Was hat das mit Wein zu tun? Die Antwort ist denkbar einfach. Ich bin der Ansicht, jeder Klassikfreund sollte das Recht haben, derlei Dinge ungestört und ohne Unterbrechung genießen zu dürfen, denn eine Oper kann man nicht in Auszügen und schon gar nicht in Form von den Greatest-Opera-Choruses vom Grabbeltisch der Mayerschen hören, sondern am Stück, um sich in Ruhe von der schweren Walze einplätten zu lassen. Wenn ich damals in unserer wilden Ehrenfelder Studi-WG Puccinis Tosca in ernst zu nehmender Lautstärke auflegte, ergriffen sowieso alle die Flucht und gingen zum Kiffen in den Park. Ich hatte somit die Wohnung für mich, und das heißt in letzter Konsequenz: drei Stunden Alibisaufen bei kolossaler Inspiration und vor allem maximaler Vibration. In solchen Fällen bin ich mir nicht zu schade, rotweintechnisch auf schmutzige italienische Durchgangsware zurückzugreifen. Dann muss ein Primitivo her oder ein Negroamaro oder halt sonst irgendwas, das in der örtlichen Touri-Bude zu Pizza Hawaii oder Spaghetti Quattro Formaggi gereicht wird. Irgendein schattiger Breitpinsel, der sich genauso kitschig auf die Geigencluster der Ouvertüre legt wie der Sonnenuntergang auf das Antlitz einer Diva im Abspann eines Softpornos der frühen Siebziger, den heute angeblich niemand mehr gesehen haben will.

So schmalzig die Umsetzung, so ernst das Thema dieser gewaltigen Oper. Ein verwegener Haufen linksliberaler Rüschenhemden kämpft einen aussichtslosen Kampf gegen den gnadenlosen Polizeichef Scarpia, der mit grimmiger Willkür die römische Stadtbevölkerung unter der Fuchtel hat. Der ist jetzt dummerweise auch noch in die Schmonzettensängerin Tosca (eine Art Helene Fischer des Jahrhundertwechsels 17/18) verknallt und versucht, ihre Liebe mit hanebüchenen Hirnverbranntheiten zu erpressen. Tosca wiederum schnackselt aber lieber in lauen Sommernächten mit Mario Cavaradossi, einem der Köpfe der Widerständler, durch die Rabatten und schlittert so immer tiefer in die dramatischen Unaufhaltsamkeiten aller vor sich hin wurschtelnden Gewerke. Scarpia poltert immer wieder mal rein und richtet allerlei Unheil an, bis hin zum eiskalten Vergwaltigungsversuch, und dann können Sie mich aber mal sehen, wie ich das Glas gen Palazzo Farnese erhebe und den gewalttätigen Superchauvinisten zum letzten Gefecht fordere.

Jetzt war es ja damals so, dass der von allen Bitches der Stadt begehrte Cavaradossi irgendeine Uschi aus der spätmittelalterlichen Antifa an die Wand der Kapelle Soundso gezaubert hatte, um sie insgeheim zu verewigen, und dass das wiederum seiner Schnalle (Tosca, eifersüchtig to the bone) aber nun mal gar nicht gepasst hat. Die macht ihm stante pede, Widerstandsbewegung hin oder her, im weltberühmten Liebesduett des ersten Aktes eine amtliche Szene und ballert ihn mit ihrem Monstersopran dermaßen durch die Krypta, dass der arme Kerl ihr (als hätte man beim sorgsam vorbereiteten Putsch gegen einen Superfaschisten keine anderen Probleme) dann sichtlich genervt versprechen muss, wenigstens die ihrigen Augen ins rosige Antlitz des Monumentalfreskos zu pinseln. Aber ich sage Ihnen, wenn die sich dann in diesem einen verzaubernden Paargesang des ersten Aktes wieder vertragen, kann es schon mal passieren, dass mir die Tränchen ohne Unterlass aus dem Gesicht kullern. Und dann säuselt uns Tosca noch wimpern-flatternd das berühmte »Ma falle gli occhi neri!« hinterher. Nun ja, so hat jeder sein emotionales Lindenblatt, und ich bin froh, dass ich es habe. Und nun her mit dem roten Breitpinsel, zu solch aus-ufernden Herzschmerzattacken darf es in Sachen Wein auch ruhig mal ein wenig klebriger daherkommen. Rotwein und Oper – das sind die beiden unzertrennlichen Herzkammern meiner heimlichen Romantikexzesse, und ja, ich singe lauthals mit.

Ein Tinnitus vom Urknall

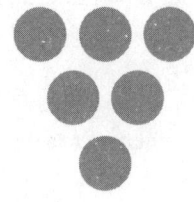

Renovieren*

Nach zwei freien Wochen hatte ich mich einmal quer durch die Stadt geswipet und war schließlich in einem Chat mit Kai hängen geblieben, der gerade aus Bielefeld in unsere Stadt zog und alles Neue kennenlernen wollte. Ich zeigte ihm die Seitenstraßen, und dann lud er mich beim dritten Date zu sich. Die Tage waren noch lang, selbst um acht Uhr abends war es noch hell, und ich hielt mein Gesicht in die Sonne, während ich mich in seine Richtung schwang, Google Maps in der einen, und den Chardonnay in der anderen Hand. Während wir den Dreck des Vormieters hinter den Heizungskörpern hervorpulten, fühlte sich sein Umziehen ein bisschen so an, wie am Januarmorgen eines neuen Jahres auf den Raketenmüll von gestern zu treten. Aber mit diesem Chardonnay in der einen und dem Putzlappen in der anderen Hand konnte Kai trotzdem noch voller Begeisterung sagen: neue Stadt, neues Ich.

Nach zwei Gläsern meinte Kai, mit zweiunddreißig, da liegt das Leben ja noch vor einem. Er sagte das nicht ironisch, sondern erstaunt, als würde das Leben so vor ihm liegen wie ein See und als würde er feststellen, dass andere schon längst reingesprungen waren und er ihnen zweiunddreißig Jahre lang zugewonnen und gesagt hat, passt schon, ich bleibe am Rand sitzen und passe mal lieber auf die Sachen auf.

Stimmt, sagte ich, absolut, sagte ich und, magst du noch ein Glas.

Der Chardonnay schmeckte ein bisschen so, wie ich mir Paris als Kind vorgestellt hatte, wie in Vanille eingelegte Birnen auf in Butter angebratenem Baguette, selbst wenn nebenan die Abdeckfolie lag. Dieser Wein sagte, das Leben liegt noch vor dir, und es hat siebenunddreißig Grad und eine Einstiegshilfe. Dieser Wein

---

* Weinempfehlung: Bernhard Huber, Chardonnay »Alte Reben« (Deutschland)
Kombinierbar mit: Lieferando, Extrakäse, Mozarts kleiner Nachtmusik aus dem Handy-Lautsprecher (Full Volume)

macht irgendwie Platz für meine Rampensauseite beim Nackt-baden, sagte ich, und Kai schaute mich an. Sag mal, sagte er, ist da sonst noch wer gerade.

Nein.

Wirklich, fragte er.

Wirklich nicht, sagte ich, und Kai öffnete die nächste Flasche.

*

Immer, wenn Sophia länger als ein paar Minuten schwieg, wusste ich, was kommt. Ich genoss diese stillen Momente und tat so, als ob ich sie nicht bemerkte, fütterte meinen Köcher derweil aber ge-danklich schon mit frischen Pfeilen für den Gegenangriff. Sophia musterte mich dann eine Weile mit unschuldigen Blicken, ging noch mal irgendwas holen, polieren oder wegstellen, um dann er-neut sanft gegen eine Trutzburg anzurennen, deren Tor ich nicht gedachte, auch nur einen Spalt breit zu öffnen.

Komm sag: Ist da wer? Immer mogelst du dich raus, wenn ich dich frage, bohrte Sophia nach.

Ach Gottchen, diese Scheiße sollte man einfach in Ruhe lassen und nicht wie ein frisch gebügeltes Betttuch aus dem Fenster hän-gen. Das sind so Sachen, Sophia ... das sind so Sachen.

Bei der großen Liebe*

Manche Dinge im Leben sind und bleiben unerklärlich. Die tatsächliche, statistische Zahl des Sonderfalles einer großen, der absoluten Liebe ist schwer zu ermitteln. Die Wenigen, denen dies seltene wie fragile Naturschauspiel widerfährt, behalten dies oft für sich, aus berechtigter Angst, dass die wahre, große und unverhandelbare Liebe sonst zwischen den scharfkantigen Mühlen degenerierter Gewohnheitsepisoden eines amourösen Lebens zermalmt und zerrissen wird – nach seriösen Schätzungen befinden wir uns trotz allem Optimismus im (haha) Promillebereich. Empfohlen wird ein unaufgeregter Landwein aus einer möglichst kargen, unpopulären und steinigen europäischen Outbackregion. Portugal, Albanien oder auch Montenegro bieten sich hier an. Pfeifen Sie auf Etiketten und Jahrgang, pflegen und genießen Sie die Bescheidenheit der Zweckform.

Vor allem aber: Schweigen Sie darüber. Die wirklichen Sensationen brauchen keine Öffentlichkeit, keinen Beistand, keinen Applaus.

---

* Weinempfehlung: Soul Fabig, Sauvignon Blanc »Na vysluni« (Tschechien)
  Kombinierbar mit: Himmelblicken, Holunderlimonaden, wasserlöslichen Stiften

Im Nachhinein*

Zinfandel, sagt Martin, der Wein ist aus Kalifornien.

Toll, da wäre ich jetzt auch gern.

In der Sonne, fragt er.

Nein, sage ich, weit weg.

Martin sieht mich müde an, als würde er denken, ehrlich jetzt, wir sind auf deiner eigenen Geburtstagsfeier.

Das ist einfach nur ein Primitivo, erwidere ich, der heißt da nur anders, und niemand versteht es. Ich gieße mir ein Glas ein und erzähle Martin von der alten kroatischen Rebsorte, von der beide abstammen, als wäre das jetzt wichtig, als wäre das jetzt wichtiger, als zu schauen, wer alles noch kommen wird heute Abend und wer noch nicht mal auf die Einladung reagiert hat.

Zinfandel ist identisch mit der ursprünglichen Traube Crljenak Kaštelanski, und der Primitivo, sage ich und schwenke dabei mein Glas, der Primitivo ist nur geklont. Na dann, sagt Martin, auf die Zinfandel. Er steht auf starke Charaktere, auf solche, die sich auch später noch als echt herausstellen, und wir stoßen mit den anderen an, die zu uns an den Tisch kommen. Manche sagen, die Österreicher hätten den Wein beim Import falsch beschriftet, sie hatten einen Zierfandler, das kann passieren, im Nachhinein weiß man es manchmal besser, und die Winzer haben immerhin viel dafür gegeben, es besser zu wissen.

Wusstest du, frage ich Martin, dass sie schon in den 1990er-Jahren nach der ursprünglichen Rebsorte in Kroatien suchten und über hundert verschiedene Proben mitgebracht haben, um sie zu finden.

Nein, sagt Martin, schaut sich im Bacchus um und winkt Anna, die gerade zur Tür hereinkommt. Dabei kann man sich doch auch mal keine Gedanken darüber machen, was vielleicht falsch beschriftet wurde, welche Notiz eigentlich an jemand anderen ge-

---

* Weinempfehlung: Ravenswood »Lodi Old Vine Zinfandel« (USA)
   Kombinierbar mit: einem Bausparvertrag, einer abgelaufenen Kündigungsfrist, einem Kredit bei der Bank

richtet war und wo man dann doch aus Versehen mit ins CC gesetzt wurde.

Im Nachhinein hätte ich vielleicht nicht gleich mit Kai schlafen müssen, dann wäre jetzt noch alles gut und dann wüsste heute auch niemand, dass das mit dem Zinfandel eigentlich ein Missverständnis war.

Und, fragt Martin, war sie dabei.

Nein, sage ich, der Ursprung wurde erst Jahre später gefunden. Warum heißt es nicht Urstand oder Urlage, warum müssen wir immer zum Ursprung zurück, zum allerersten Mal, als wir einen vorsichtigen Schritt aus dem Nest wagten und dann gleich irgendwo runtergefallen sind. Im Nachhinein sucht man oft nach dem Ursprung, nach dem ersten falschen Satz, dem ersten Augenblick, der sich nicht mehr richtig anfühlte.

Ich begrüße meine Freunde, die mir dieses Jahr nichts schenken, die meisten drücken mich nur etwas länger als sonst und sagen, ich hoffe, dass es nächstes Jahr besser für dich läuft.

Jetzt ist gleich Mitternacht, sagt Martin, Prost.

Wenn ich im Nachhinein bin, dann sieht Martin mich an, als hätte ich mich verlaufen, auf einem Weg, den man auswendig kennen müsste, nur vor zum Bäcker, nur kurz um die Ecke, und zack, falsch abgebogen. Im Nachhinein sitzt man irgendwo und weiß es besser, aber es bringt einem nichts mehr, auf einem abgerockten Sofa auf einer WG-Party, auf einem Bürostuhl am frühen Nachmittag, auf einem roten Barhocker, der sich nur noch in eine Richtung drehen lässt. Martin steht neben mir und genießt die Gegenwart. Er sagt, wir sind nur einmal jung, und winkt dann ab, hätte, würde, könnte, klar.

Hätte ich das gewusst, denke ich oft, dann hätte ich mich gar nicht erst auf das Date eingelassen, dann hätte ich nicht jemandem, den ich nicht kenne, beim Renovieren geholfen und dabei, den Staub hinter den Heizkörpern hervorzupulen, dann müsste ich mir jetzt keine Sorgen machen.

Natürlich musst du dir keine Sorgen machen, sagt Martin und glaubt an mich. Er glaubt an mich, so wie er an Wasserstoff glaubt und an Blockchain-Aktien. Er glaubt an mich, weil er gut darin ist, im richtigen Moment einzukaufen, nämlich dann, wenn es noch niemand anderes tut. Ich trinke einen Schluck und ärgere mich darüber, dass das kein Wein ist, den man einfach so wegtrinken kann, dafür ist er zu gehaltvoll, zu schwer, dafür will er sich zu sehr ausbreiten und mir von seinem hundertjährigen Weinstock erzählen, der auch schon einiges ausgehalten hat an schlechten Sommern, und der Familie Indelicato, die den Wein seit drei Generationen in Kalifornien anpflanzt.

Wusstest du, frage ich Martin, dass William Shanks 707 Stellen der Zahl Pi rausfand und sich ab der 528. Stelle verrechnet hatte.

Wusste ich nicht, sagt Martin und schaut sich die Gegenwart an wie ein Gegenüber, dem man einfach ins Gesicht schreien kann, dem man einen Zeigefinger vor die Nase hält und sagt, du gehst jetzt da lang, damit sich niemand auf dem Weg zum Bäcker verläuft.

Na und, sagt Martin, das Leben geht weiter, er schüttelt meine Schulter, weil er keine Lust auf Zinfandel mehr hat und älter ist als ich. Ich gehe so verschwenderisch mit der Gegenwart um, ich lasse sie mir links und rechts über die Hände rieseln und schmeiße sie hinter mich, ich weiche ihr aus, um mich wieder umdrehen zu können zu dem Alten, weil ich glaube, noch so viel davon übrig zu haben. Nach drei Generationen Weinanbau trägt die kalifornische Winzerin immer noch Pumps aus Schlangenleder, irgendwo macht jeder einen Fehler, bevor er bei der 707. Stelle von Pi ankommt, irgendwann unterschreibt jeder vielleicht mal einen Vertrag, den er dann nicht einhalten kann und, denke ich, die hatte auch noch ein gutes Leben und produziert noch Wein. Los, sagt Martin, gleich ist Mitternacht, wünsch dir was.

Wenn Sie sich nicht entscheiden können*

Wenn man sich nicht entscheiden kann, hat das in erster Linie mal damit zu tun, dass das Angebot zu groß ist.

Wo früher eine einfache Weggabelung zum knackigen 50/50-Schnellschuss einlud, provozieren uns heute gleich fünf Ausfahrten im Kreisverkehr zum kapitalen Fehlentschluss. Den simplen Regeln freitags Fisch, Fleisch nur einmal die Woche, und es wird gegessen/getrunken, was auf den Tisch kommt, steht heute eine infernalische Auswahl an Wohlstandsderivaten in den endlosen Supermarktregalen gegenüber, die keine Wünsche zwischen petsafe gestopfter Entenleberpastete in Thymian-/Mangold-Jus, BIO sizilianischem Zitronen-Salz und glutenfreiem Gluten offenlässt.

In Beziehungsfragen haben längst Metro-, Pan-, und Omnioder eben Asexualität eine unüberschaubare Gemengelage gebildet. Früher hieß es Emil oder Horst – ich nehme den mit der Lebensversicherung, und die Sache hatte sich erledigt.

Ich mag einfache Dinge. Lautstärke zum Beispiel. Sand. Oder eine Nasendusche. Wasser, Salz, laufen lassen. Das Leben kann so einfach sein. Ein höchst effizientes Pflegemittel für die Nasenschleimhäute, angetrieben durch kostenlose und emissionsfreie Schwerkraft. Potztausend, das ist ein Husarenstreich nach meinem Geschmack!

Ich hatte vor wenigen Jahren mal das Vergnügen, im hauseigenen Tonstudio eines sehr bekannten Künstlers der internationalen Avantgarde arbeiten zu dürfen, der es sich im tiefsten Hinterland der Provence auf seine alten Tage gemütlich gemacht hat und dort ein hippiesques, geräumiges wie bescheidenes Landhaus bewohnt.

Auf der Terrasse dieser inspirativen Oase stehen etwas abseitig drei Kühlschränke nebeneinander, und ums Eck, damit das Sur-

---

*   Weinempfehlung: La Vinsobraise, »Vin de Pays Méditerranée«,
     5 l Rouge (Frankreich)
     Kombinierbar mit: Blei, Zitronenmelisse, Dezibel

ren der unverzichtbaren Kühlaggregate nicht die vorabendliche Ruhe, zu der man sich an diesem wundervollen Ort mit Blick ins Tal traf, stören möge.

Alle drei Kühlschränke sind stets prall gefüllt. Der erste mit Rot-, der zweite mit Weißwein, der dritte mit Rosé. Simple as fuck, drei bescheidene Landweine von einem der zwei Winzer der nahe gelegenen Ortschaft, enorm günstig und selbstredend ohne jegliche Zusatzstoffe – Bio, würde man heute wohl sagen. Achtsam und besonnen wäre allerdings treffender.

Man wolle sich auf die Arbeit und Komposition konzentrieren und keine Zeit damit verplempern, vor dem Weinregal bei der Auswahl stundenlang einer oder gleich mehreren neuen Moden hinterherzuhecheln, das war der väterliche Kommentar des Hausherren, und in meinem Kopf verzwirbelten sich die Worte ob seiner Weisheit und sonoren Stimme automatisch zu einer Meister-Yoda-Umkehrungsgrammatik.

Das erinnert mich an eine Anekdote, die Albert Einstein zugeschrieben wird, der angeblich jedes Kleidungsstück fünfmal in identischer Machart besaß, damit er morgens auf dem Weg zur nächsten Superformel keine Zeit bei der Auswahl des Hemdes, des Hutes, der Unterhose verlor. Ach, Albert! Follow me to H&M and tell them: »Let my people go!«

Ich habe diese Technik in mein Leben so übersetzt, dass ich prinzipiell und ausnahmslos einen Schlafanzug trage, wenn ich auf die Bühne gehe. So wird keine wertvolle Lebenszeit damit verplempert, mir über Outfit oder gar Frisur Gedanken zu machen, und ich nutze die gewonnene Zeit vor Konzertbeginn zu ein wenig Yoga, gefolgt von einem Gläschen Pfälzer.

Wer aber soll nun dein Herzblatt werden, fragt man sich zurück an den drei Kühlschränken, und die selige Antwort ist so simpel wie genial: Sollte man sich in der Eile für heute vertun – wurscht. Dann wird im schlimmsten Fall halt erst mal ein Fläschchen Weißer weggezimmert, bis das Essen kommt oder umgekehrt. Gönnen Sie sich also einen Gang zum provinziellen Kleinstbetrieb, egal, wo Sie sich gerade aufhalten, und fragen Sie die Winzer*innen und

Wirt*innen, was sie selber saufen wollen. Kaufen Sie das in großen Mengen.

Dann lassen Sie sich ein T-Shirt bedrucken mit der Aufschrift: »Das Böse wohnt im Supermarkt.«

Wenn man nicht gefragt wurde*

Simple as fuck, sagt Martin, und meistens hat er recht, aber manchmal muss ich ihn unterbrechen, weil ich dann denke, das mit den einfachen Entscheidungen und den drei Kühlschränken Wein auf dem simplen Landgut ist ein Luxus, den ich so in meinem Leben noch nicht mal mit Diplom erreichen würde. Das denke ich auch, wenn manche Gäste sich meine Weinempfehlungen kistenweise nach Hause in den vierten Stock bestellen und ich mir von meinem Stundengehalt so gerade mal den Wein für fünf Euro bei REWE leisten kann.

Ich muss auf eine Familienfeier, rufe ich Martin vier Tage nach meinem Geburtstag zu, während ich das dreckige Geschirr in der Küche ablade.

Grillen, fragt er, ist doch schon Juni.

Meine Oma grillt nicht, sage ich, stelle mich wieder hinter den Tresen und beginne, das Trinkgeld auf drei Sparschweine aufzuteilen, es gibt Eierlikör in der Seniorenresidenz St. Katharina.

Im Juni?

Das ganze Jahr lang.

Ich bin beim Grillen nächste Woche, sagte Martin, und das war wieder so ein Moment, in dem ich ihm zwar ungerührt seinen Barbera nachschenkte, aber insgeheim irritiert davon war, dass er auch noch ein Leben hatte, das sich außerhalb unseres Safe Spaces in der Seitenstraße abspielte.

Was soll ich mitnehmen, frage ich Martin, es geht um eine Familie, die nicht miteinander spricht.

Uff, sagt Martin, ich weiß was.

Hast du was gehört, fragt mich meine Oma und gießt mir ein Schnapsglas Eierlikör ein.

---

* Weinempfehlung: Luna Lunera, Sauvignon Blanc (Spanien)
   Kombinierbar mit: Festnetz, Verrat, Garnier-Olia-Intensivcoloration,
   mittelblond

Nur, dass wir uns am Mittwoch alle treffen, du auch. Ich beobachte die sonnengelbe Wand hinter ihr und die Uhr, die da laut tickt.

Ne, sagt meine Oma, ich wurde ja nicht gefragt, kannst du dir das vorstellen? Deine Tante? Die Schwester deiner Mutter? Sie sieht mich empört an. Ich schaue weg.

Ich hab dir den mitgebracht, Oma, sage ich und greife in meine Jutetasche, einen Sauvignon Blanc.

Bitte, sage ich, als sie abwehrend die Hände hebt, probiere doch wenigstens mal.

Wusstest du von der Hochzeit, fragt sie mich dann.

Nein, sage ich.

Wir trinken einen Schluck, schweigend. Du kannst trotzdem kommen, sage ich, ich wurde auch nicht wirklich gefragt, so was vergisst man ja auch manchmal. Aber meine Oma zuckt nur die Schultern und wirbelt den Wein in ihrem Glas hin und her, mit hektischen, kleinen Bewegungen, bis er am Rand ganz hochschwappt, aber immer noch nicht überläuft. Meine Oma wird nie gefragt, weil sie nicht fragt. Meine Oma weiß immer schon alles, sie muss gar nicht zuhören, sie sagt immer gleich, wie sie die Sachen sieht und empfindet und wie etwas gerade auf sie wirkt. Wir trinken einen leicht säuerlichen Sommerwein, einen, der kaum Kohlenhydrate hat, der im Abgang leicht kratzt, weil die Trauben zu sehr ausgepresst wurden, bei dem man immer sagen kann, die anderen sind schuld, und ich werde ja immer vergessen.

Ich kann nicht fassen, sagt sie, dass dein Vater noch mal heiratet, und dann auch noch Susanne.

Er kann doch tun und lassen, was er will, sage ich, er ist doch erwachsen, er muss doch niemanden um Erlaubnis fragen.

Nein, sagt Oma, muss er nicht.

Familien, denke ich, und ich denke daran, dass niemand häufig genug gefragt wird, wie geht es dir gerade und hast du wirklich Lust auf das Gespräch, möchtest du überhaupt noch Teil dieser Beziehung oder Teil dieser Ehe sein, sag mal, magst du Kartoffelauflauf überhaupt oder isst du den jetzt nur aus Höflichkeit, macht dir

Joggen wirklich Spaß und bist du nicht auch eigentlich lieber nicht im Urlaub dabei oder würdest du gerne mal kurz allein bleiben.

Magst du lieber einen Rotwein trinken, frage ich, ich habe noch einen dabei als Alternative, diesen Barolo, der gleich im Mund hängen bleibt, viel zu dicht und viel zu aufdringlich.

Nein, sagt meine Oma, so was trinke ich nicht. Sag mal, trifft dein Bruder sich immer noch mit dieser einen da, wie heißt sie noch mal.

Frag du ihn doch, sage ich, und meine Oma winkt ab, klar, sagt sie, wird aber nie fragen, und er wird keine ehrliche Antwort geben, er wird schon aus der Tür sein, wenn sie fragt, oder nuscheln und dabei wegschauen und abwinken.

Und du, fragt sie.

Nichts Neues, sage ich und wechsle doch wieder zum Eierlikör, Kai meldet sich wieder, aber immer erst nachts um halb zwei, wenn er vom Feiern kommt und einen Schlafplatz in der Nähe der Innenstadt braucht, und ich lasse mein Handy auf laut, damit ich das nicht verschlafe.

Aha, sagt Oma, nichts Neues also.

Niemand will den Barolo trinken, weil er viel zu aufdringlich ist, weil er dir gar keinen Raum mehr lässt zum Schmecken, wie eine Faust im Mund, aber dann muss sich der Barolo auch nicht wundern, wenn er in der Jutetasche bleibt.

Der Weißwein ist lecker, sage ich. Er schmeckt so, wie meine Oma gerne wäre, leicht und glücklich und emanzipiert und unaufdringlich, ein Wein, den man Gästen anbietet, von denen man möchte, dass sie einen mögen. Die Wertschätzung, die aufblitzt, ist in dem Moment wieder verschwunden, in dem sie erwidert, ja, kennst du den nicht, und selbst das wie ein Vorwurf klingt. Wenn das eine olympische Disziplin wäre, denke ich, Ausholen und Vorwerfen, meine Oma wäre Erste.

Ich betrachte ihr Gesicht, ihre Schmallippigkeit, ich bin nur so sauer auf sie, weil ich immer das Gefühl hatte, ich brauche ihre Erlaubnis, um mich neu zu erfinden.

Wir müssen viel reden, denke ich, plötzlich habe ich ihr viel zu sagen, hier, sage ich, ich mach den mal leer.

Beim Grillen*

Wer grillt, sündigt nicht. Wer grillt, grillt. Grillen ist Gesetz. Naturgesetz. Sagt man. Grillen heißt: die eigenen Initialen auf der Schürze
und Edelstahlbürste. Grillen heißt bedingungslose Konzentration
und Bierlösche. Grillen ist Liebe. Grillen ist Hass. Grillen hält und
führt seit Urväter- und Urmütterszeiten das Land zusammen. Bis
zu einem gewissen Punkt.
Agnostel 1, Vers 1.

Der Abend hatte sich beruhigt, und Vater und Sohn lagen sich
nach diversen gegenseitigen Schuldeingeständnissen und anderen
teil-emotionalen Entladungen selig in den Armen. Onkel Karl war
dank des Was-Sie-auch-noch-interessieren-könnte-Algorithmus bei
den Nine Inch Nails gelandet und bretterte, angestachelt vom trei-
benden Beat und mangels Englischkenntnissen, I want to fuck you
like an animal / I want to burn you from the inside in die schon angenehm angeschiggerte Gartengesellschaft und schwang weit über
die Grenzen des Obszönen hinweg seine schwimmbereiften Hüften
zu Trend Reznors diabolischen Zeilen, nicht zuletzt deshalb, weil
Gevatter Alkohol sich ein weiteres Mal in Perfektion in die dursti-
gen Leiber der Festtagsmischpoke eingeschlichen hatte. Selten in der
Geschichte der Menschheit sind Ekel und Komik in solch kompak-
ter Perfektion ineinander zusammengebacken worden. Oder: Wo ist
die Instastory, wenn man sie mal braucht? Der Rüpelsheimer (ich
kenne Rieslinge mit der gleichen Wucht, aber mit deutlich weniger Säure, doch am Ende muss man diesem Werk des Patriarchats
wohl die unzweifelhafte Qualität eines gestandenen Moselaners
attestieren) floss in Strömen, und Mutti panschte das spätreifende
Moselgewächs in immer variantenreichere Mischvariationen,
mal mit Holunderblütensirup, mal feingeperlt auf veganem Erd-

---

*   Weinempfehlung: Bernkasteler Badstube, Riesling Spätlese (Deutschland)
      Kombinierbar mit: Melonensteak, feuriger Marinade Seeräuber Art, atmungs-
      aktiven Einlegesohlen

beereis mit Korianderblättchen, während die Fleischfraktion ein atemberaubendes Plate von T-Bone-Steaks, Wildfrikadellen und Nackenkoteletts stolz Richtung Feuerstelle schob. Troubadix war fachgerecht am Baum geknebelt, und der 8k-75-Zöller für das mit Spannung erwartete Fußballspiel tauchte, flankiert von einem martialischen Spalier aus Petroleumfackeln, die Szenerie in ein buntkaltes Licht voller Ungemach.

Nun, wir leben in guten Zeiten. Vorbei die bis aufs Blut geführten Grabenkämpfe zwischen der mordlustigen Fleischgemeinde und den Veggys und Veganys. Vorbei die hässlichen Parolen vom Blutgesang und die Fanfaren der Ähre. Vorbei die Zeit, in der Beziehungen jeglicher Art unter den aalglatten Grundsatzdiskussionen der Hobbyrevolutionäre ächzten, zu Bruch gingen und in tragischen Fällen oftmals für alle Ewigkeit ausradiert wurden. Mittlerweile gehört es zum guten Ton, auch den Future Peoples entweder einen ausreichenden Zeitslot oder eben eine bescheidene Gemarkung auf dem majestätischen Weber-Grill zu genehmigen, auf und in denen zart und unscheinbar Grillgemüse und plant-based shit aller Couleur und Mannigfaltigkeiten vor sich hinschmökeln (dürfen). Beyond everything, Zucchini, Süßkartoffel, Melonensteak. Der heiße Scheiß der Neuzeit, während die Frikadellen-Tonis abgeschlagen und blasshäutig, aber in letzter Konsequenz irgendwie immer noch grundzufrieden auf ihren Discounter-Hackwaren rummümmeln. Aber war es der richtige Ort, die richtige Zeit, diesen noch so jungen und hauchdünnen Dienstfrieden während des nervenzerreibenden EM-Achtelfinals von 2021 zwischen Frankreich und der scheinbar hoffnungslos unterlegenen Schweiz auf die Probe zu stellen?

Wohl kaum.

Und so ließ sich schleichend, aber unumkehrbar erahnen, dass die wirkliche Katastrophe für diesen Melt der Generationen an diesem denkwürdigen Abend wohl bald folgen sollte, als Tochter Julia (von Vater »Julchen« und von Mutti »Muckelchen« genannt) den Beginn des mittlerweile als historisch geltenden Elfmeterschießens nutzte, um ebenjene Zucchinischeiben, Süßkartoffeln und zwei marinierte Melonensteaks (eins für sie, eins für Mutti, die aus rein

mütterlicher Fürsorge, aber gegen alle ihre geschmacklichen Prä-
ferenzen Muckelchens Veganismus kompromisslos mitzog) in an-
mutender Formation auf den Weber zu drappieren. Die Putten auf
dem Etikett des Rüpelsheimers grinsten debil und zufrieden, wie
ihnen aufgetragen, die Bühne war bereitet für ein Spektakel der
besonderen Art.

Muckelchen hatte nach erfolgreichem Start ihres Sinologie-
Studiums zwei Auslandssemester in Singapur verbracht. Ihr Vater
hatte ihr erstes Posting von den blitzsauberen Straßen der fernöst-
lichen Metropole mit »Ordnung muss sein!« kommentiert und danach sein Passwort vergessen. Auf der Rückreise war sie zunächst
per Gabelflug in Tallinn bei »so einer Art Freund« abgetaucht und
mit den Arved-Fuchs-Expeditionen an Bord der Dagmar Aaen vorbei an den Shetlands, Lyø By und weiter über Skagerrak und Tórs-
havn zurück in den vermeintlich heimatlichen Hafen geschippert
und erst vor wenigen Tagen wieder hart auf dem klatschnackten
elterlichen Boden aufgeschlagen.

An Bord des Dreimasters hatte sie sich ihr runenartiges Knöchel-
tattoo (Vater sagte, es gliche verblüffend dieser sagenumwobenen
Rune aus dem Ring von Joseph Goebbels – aber niemand hatte,
wohl aus Angst, er könne richtigliegen, Lust zu googeln), das sie
sich vor einigen Jahren bei einem nächtlichen Einbruch ins örtliche Freibad mit ihren best bitches unter fragwürdigen hygieni-
schen Bedingungen selber gestochen hatten, mit einer Robbe mit
Regenbogen-Flagge in der linken Flosse überstechen lassen und
wippte nun in einer wohl »erotisierenden, vorgebeugten Haltung
mit längs ausgestreckten Beinen und exponiertem Gesäß« (so war
wenig später im Protokoll der Familientherapiegruppe »Ringelblume« zu lesen), über den Mighty Weber gebeugt. Eine Szenerie,
die, auf späteren Rekonstruktionen, Onkel Karl wohl zu einer Art
schmatzenden Essgeräuschs veranlasste und im feinstem Cowboy-
Singsang vorgetragen »Hallöchen! Wenn man es tragen kann ...«

Wie der Algorithmus von den Nine Inch Nails zurück zu
Mambo No. 5 fand, wird für immer sein Geheimnis bleiben, doch
genau dieser zuckrige Sommerhit lief, als Muckelchen plötzlich mit

einem zünftigen »Sexistische Kackscheiße!« die sommerliche Luft des bis dahin auffallend harmonischen Beisammenseins mit ihrer post-juvenilen Stimme filetierte.

Der gute Kalle muss sich derart erschrocken haben, dass er vor lauter Schreck und aus Versehen in seiner Hosentasche mit der Androidgurke einen Elite-Partner-Chat startete, und die folgenden Fragmente wurden (ebenfalls vom Team Ringelblume) aus eben diesem Audiodokument mit einer gewissen @käsekrokette2000 im Sinne der Rettung des Familienfriedens rekonstruiert:

Julia: »Erst muss ... *unverständlich* ... eurer verkommenen Wixfressenmoral an ... *unverständlich* ... Altherrengeschisse vor ... *unverständlich* ...«

Gast 1: »Tor Schweiz!«

Onkel Karl: »Beruhig dich doch mal, Püppchen, wir sind hier nicht in Hula-hula auf dem ... *unverständlich* ...«

Julia: »Gammelfleisch mit ... *unverständlich* ...ss-Veganer ... KackScheißääääää! ... *unverständlich* ...anz ab! Und deine ... *unverständlich* ... am Kirchturm der ...!

Gast 2: »Leck mich im Arsch, die Schweizer!«

Onkel Karl: »Ümmer schöööön ruhich mit den jungen Pfe...« übertrieben lautes Gekreische von allen Seiten.

Julia: »Sexistische, gottverschissene Kackscheiße!«

Gast 1: »TOR! Und jetzt pass auf. Jetzt kommt die Oberpussy. Jetzt pass auf! Der semmelt die Pille daneben – ja leck mich doch im A...«

Julia: »Verdammte, verlogene Kackscheiße! Verpiss dich, du abgestandener Nuttenpreller! Ich habe meine ... *unverständlich* ...«

Vati stand seelenruhig auf dem Balkon der 20er-Jahre-Bauhausvilla und warf mit bedeutungsschwangerer Geste die Schlüssel des Citycarvers in den Forellenteich und sang dazu feierlich Beethovens Fünfte: »Alle Menschen werden Brüder.«

»Und Schwestys, du Feierabendtyrann, verdammte Kackscheiße!«, komplettierte Julia, und Mutti hatte sich in den kleinen Zierwald der Anlage zurückgezogen und umarmte geistesabwesend Bäume (Buche, Ginkgo, Ahorn).

Die Schweiz gewann verdient mit 5:4 nach Elfmeterschießen.
»Nazigold! Kackscheiße!«
Julia las zur Beruhigung noch wutschnaubend ein Kapitel über
Yoni-Mapping und fiel in einen tiefen, gerechten Schlaf.

Auf dem Heimweg erwischte ich Sophia gerade noch, als sie das
Bacchus abschließen wollte, und konnte sie irgendwie überzeugen
zu bleiben. Na gut, alte Klebe, sagte sie. Aber nur noch das, was
grade offen ist.

Wir war's beim Grillen?

Joar, ganz ok.

Sophia verstand mich. Aus anfänglichem Zank und reflexartigen
Grabenkämpfchen hatte sich eine stabile Kumpanei entwickelt,
die in intimster Manier an den Herzmuskeln operiert wurde und
gleichermaßen wie selbstverständlich ihre unausgesprochenen Gren-
zen kannte in Sachen Achtsamkeit und Geschmack. Meine wütenden
Tiraden über die schamlose Dekadenz der Wohlstandsgesellschaft
kochte sie runter wie eine friedensbringende Übersetzungsmaschine.
Ob Papst, hohe Politik, die popelnde Generation Bummbumm am
Autoscooter oder die lähmenden Komfortzonen des vermeintlichen
Bildungsbürgertums – ich fand schnell einen neuen Endgegner und
ließ mich dann doch immer wieder von Sophia auf den gerechten
Pfad eines kompromissfähigen Pazifisten und lupenreinen Demo-
kraten zurückführen. Dennoch: Selten konnte ich mir meine Verachtung gegenüber den exzessiven Manierismen der Generation
Klimaschrottung verkneifen. Ob mein(e) Gegenüber das nun ge-
rade hören wollten oder nicht.

Bei einer Schiffstaufe*

Ich habe mich seit jeher gefragt, warum ausgerechnet einer Schiffstaufe immer eine übertrieben steife und von snobistischer Fake-
Noblesse geprägte Zeremonie angeheftet wurde und bis heute
wird. Klar, solche Traditionen kommen aus einer Zeit, in der sich
wagemutige Dudes und gelegentlich auch damals schon Dudettas
ohne jegliche Garantie auf Wiederkehr aufmachten, in zum Teil
jahrelangen Ausflügen neue Welten zu erkunden oder eben auch
nicht. Die Trefferquote war mangels Google Maps zuweilen nieder-
schmetternd, und man musste stets damit rechnen, am Rand der
Erde einfach runterzufallen oder, sich mit der letzten vergammelten
Zitronenscheibe den Skorbut aus den Zahnstummeln kratzend,
vom wilden Tiger gefressen zu werden, zu verdursten, zu ertrinken.

Nicht gerade ein Traumberuf, und daher nur verständlich, dass
man sich zum Mutansaufen noch mal schnell ein Fläschchen köpfen
musste, bevor die letzte Trompete zum Himmelfahrtskommando
geblasen wurde. Verständlich, auch dann vor lauter Freude über
eine geglückte Mission auf den Hula-Inseln erst mal ordentlich
die Sau rauszulassen und den Indigenen den Arm abzuhacken oder
wahlweise das örtliche Gemeindezentrum nach Väterart zu brand-
schatzen.

Aber ist es wirklich klug, einen guten Tropfen zu verschwenden,
anstatt sich damit genüsslich im Sonnenaufgang vor großer Fahrt
mittels oraler Verwendung den letzten Fetzen Angst aus den Glie-
dern zu schütteln?

In Indien ist man seit jeher schlauer und wirft behend eine
Kokosnuss gegen den Schiffsrumpf – kann man doch derweil die
Plörre saufen, anstatt sie ans modrige Brackwasser zu verschwenden.
Zu Zeiten der Prohibition in Amerika verwendete man eine Fla-
sche Coca-Cola. Je länger man forscht, desto mehr offenbart sich
diese scheinbar würdevolle Tradition als ausgemachter Mumpitz.

---

*   Weinempfehlung: Schloss Auerbach Jahrgangssekt, Jahrgang egal
    Kombinierbar mit: Softeis, Plankenöl, dem Salz auf deiner Haut

Man will sich nicht vorstellen, welch Klugscheißergerede die Gäste der Titanic bei deren Stapellauf ertragen mussten über Unsinkbarkeit und andere superphallische, feuchte Männerträume. Der Vorstand der Bank of America ruckelte seine Monokel zurecht und richtete seine Zylinder, doch die Erbauerfirma White Star verzichtete auf eine Schiffstaufe, und da sieht man, was passiert, wenn man solch abergläubische Sachen nicht konsequent durchzieht. Von der Nussschale bis zum stolzen Sechsmaster, vom Gummiboot bis zum erhabenen Hochseefrachter. Stellen Sie sich vor: Ein süditalienischer Nachmittag. Ein in Ästhetik und Funktionalität nicht zu überbietendes Riva-Boot verlässt die Werft. Ein schlankes Stück Ingenieurskunst. Die absolute Sahnehaube des eleganten und zeitlosen italienischen Designs. Mahagonirot und fugenlos beplankt, mit weißen Sitzen, tüddelt das Schmuckstück bei minimalem Wellengang am Steg vor sich hin. Von links wie rechts noch zart gehalten von zwei hanfgeflochtenen Seilen wie ein kleines süßes Pony, zum Ausritt bereit.

Und dann kommt Alain Delon mit der frisch durchgeknödelten Romy vorbei und donnert schon gut angeschickert und den Hosenstall noch halb offen seine Pulle Taittinger gegen die Steuerbordseite des handwerklichen Meisterstücks? Du meine, liebe Güte! Saufen Sie das Zeug, und machen Sie keinen Blödsinn!

Sophia ließ ihr herzerfrischendes Lachen zirkulieren, und ich war ein bisschen stolz, sie endlich mal aus der Reserve gelockt zu haben. Sie tänzelte mit einer eiskalten Flasche Crémant aus der Küche und ploppte den Korken feierlich unter die Decke. Ich lauf mich gerade erst warm. Habt ihr Alufolie im Haus?

Bei einer Alieninvasion*

Eine Alieninvasion ist kein alltägliches Schauspiel und sollte allein deshalb mit großer Akribie und Ernsthaftigkeit vorbereitet wie abgearbeitet werden, da uns, sind wir einmal ehrlich, jegliche Erfahrungswerte fehlen. Wir wissen nicht, wie die Sportskameraden aus Beteigeuze, oder woher auch immer, aussehen und wie sie auf unsere Bräuche und folkloristischen Merkmale reagieren. Vielleicht hat ebenjene Invasion auch schon längst stattgefunden, und das Alien weilt in Form von Süßwasserschnecken oder tibetanischen Tempelschnauzern seit Jahren friedlich unter uns – wir wissen es nicht.

Nun bedeutet Invasion nicht zwingend einen militärisch aggressiven Einmarsch. Invadere (lat.) heißt »eindringen«, und in der Naturkunde ist damit zunächst einmal nur ein von großer Sachlichkeit geprägtes Eindringen einer neuen Spezies in ein geografisches Gebiet xy definiert. In meinem unumstößlichen Positivismus gehe ich also zunächst einmal von einer friedlichen Besuchssituation aus oder auch: Der Alien schlägt auf. Aus Neugier, Langeweile, ihm angeborener allgemeiner Reiselust, wegen Resturlaub mit Brückentagen. Umso mehr ist hier höchste Vorsicht und Achtsamkeit geboten, denn Missverständnisse sprachlicher und kultureller Natur sind hier vorprogrammiert. Schon hört man es in der Nachbarschaft rumoren: »Die Aliens nehmen uns die Parkplätze weg!«

Für den Erstkontakt empfehle ich zunächst einmal für diesen historischen Tag stets ein kleines Geschwader weißer Haustauben bereitzuhalten und diese ggf. bei Ankunft des/der Aliens aufsteigen zu lassen. Das sorgt für gute Laune, und die Kinder sind beschäftigt. Die gewöhnliche Haustaube (Columba livia f. domestica) ist genügsam in der Haltung und kostet im gut sortierten Handel momentan nur etwa günstige 25 €/Stk. Es hat sich bewährt, unter das gewöhnliche weiße Modell kecke Farbtupfer zu mischen. Unsere Empfehlungen sind für diese Saison: Rotfahl ge-

---

* Weinempfehlung: Argento Malbec (Argentinien)
   Kombinierbar mit: Talcid, Perlhuhnpastete, Kerosin

hämmert, Schimmel, Indigo, verschiedene Schecken sowie sauber in Linie gezogene Meulemans in Blau und genoppt. Nach momentanem Stand der Wissenschaft ist die Existenz von extraterrestrischem Leben eher wahrscheinlich als unwahrscheinlich. Meiner Meinung nach liegt jedoch die Annahme, dass ein außerirdisches Irgendwas in seiner soziokulturellen Entwicklung ein vergleichbares Unfallprodukt wie den hiesigen Wein auf dem evolutionären Zettel hat, lediglich im mikroskopischen Bereich, weswegen man davon ausgehen kann, dass wir mit einem derart ausgereiften Trinkprodukt menschlichen Erfindungsgeistes bei Landung des Tentakelwesens aus dem All durchaus punkten können. Ich meine, wir reden hier doch im Prinzip von vergammelten Trauben. In meiner naiven Vorstellung über die Erfindung der Testversion Wein 1.0 fand nach einem plötzlichen Wetterumschwung im sechsten Jahrhundert vor Christus irgendwo im heutigen Georgien Fridolin Huppenzuppen einen vergessenen Tonkrug mit vergorener Traubenmatsche hinter dem Geräteschuppen und sprach noch am selben Abend zu seiner zwangsgeehelichten Lebensabschnittsgefährtin: »Ja, leck mich doch am Arsch, Gertrunde, das ballert aber gut, die Scheiße.« So, oder so ähnlich. Wein ist und war, genau wie Käse, ein glücklicher Kombinationsakzident des Verwesens, das sollten wir nicht vergessen. Wenn jetzt nun der Alien landet und nassforsch behaupten sollte: »Massa, massa, ich will ja nicht unhöflich sein, aber ich glaube, deine Limo ist gekippt« ziehen wir stolz wie Oskar unser thematisches Ass aus dem Ärmel und kontern: »Jawollski Podolski, aber ballert gut, die Scheiße! Und jetzt Kopp in Nacken, du alte Alge! Jetzt erst mal Stößchen, und dann bringen wir euch erst mal korrektes Entgendern bei!«

Bei der Weinempfehlung ist hier vor allem auf die Bekömmlichkeit ergo Säurearmut zu achten, da wir über die Beschaffenheit des Alienverdauungstraktes wenig bis gar nichts wissen.

Stellen Sie sich vor, der friedlich gesinnte Alien betritt freudestrahlend und neugierig der Erden Rund, nimmt den ersten Begrüßungsschluck, bekommt fürchterliches Sodbrennen, zieht wutentbrannt seine Laserkanone und ballert alles nieder. Dann will es wieder keiner gewesen sein. Die Empfehlung geht daher zu einer Allzweckwaffe, dem Argentinischen Malbec Argento. Sanft in seinen Rundungen und weichen Tanninen. Geradezu streichelnd legt er seine sanften Flügel über den zögerlichen Erstkontakt. Als Begrüßungstoast empfehlen wir das skandinavische Skål, das mit seiner effektiv-perkussiven Einsilbigkeit auch für den extraterrestrischen Raum gut funktionieren sollte.

Nun steht einer gelungenen Verbrüderung nichts mehr im Wege und die Sache mit den Parkplätzen hat sich erledigt.

*

Mega, sage ich und beginne schon mal die Stühle mit der Holzlehne voran an die Tische zu kippen, um einmal feucht durchwischen zu können. Das muss ich, wegen den Regensohlen der Gäste und dem Schichtwechsel, aber auch, weil Martin im Schwung seiner letzten Empfehlung seinen Rotwein in meine Richtung geschwappt hat. Ich bin mit der Angst aufgewachsen, irgendetwas falsch zu machen, Martin mit der Frage, machen oder nicht machen, und mit der Aufgabe, sich zu entscheiden.

Ist gut, sage ich, als er die Laserkanone zur Seite legen möchte, ich mach schon, ich muss heute früher weg.

Wie, früher, fragt Martin, ich dachte, heute ist Freidreher-Abend. Er setzt sein Glas Wein jetzt vorsichtig auf Tisch drei ab, als hätte ich ihm den Elan genommen.

Ich treffe meinen Vater gleich, sage ich, und wische mir die Hände an der dunklen Jeans ab. Sie sind meistens trocken vom Putzmittel, den drei Spülbecken und den fehlenden Handschuhen. Martin schüttelt nur den Kopf, ich weiß, dass er meine Familienbesuche als innerfamiliäre Höflichkeitsfloskeln bezeichnet und er selbst Jahre gebraucht hat, um sich von seinen zu befreien.

Und welche Flasche nimmst du mit?

Gar keine, sage ich, mein Vater hat seinen eigenen Geschmack. Ich habe Angst, zu spät zu kommen, Martin trinkt seinen Wein nie ganz aus, immer lässt er einen Schluck im Glas und einen Bissen auf dem Teller übrig, er schiebt mir seinen Rest Malbec rüber und sagt, bis morgen. Ich halte sein Glas unter den heißen Wasserstrahl, drücke Spülmittel auf den Schwamm, wasche es aus, reibe den Rand entlang, trockne es mit einem Baumwolltuch und stelle es anschließend zurück ins Regal.

Warum fehlen immer die Handschuhe, frage ich Martin auf dem Weg zur Tür, warum kauft nie jemand neue, obwohl ich es schon dreimal auf die Liste gesetzt habe.

Ich weiß es nicht, sagt Martin, tut mir leid.

Das mit den Handschuhen tut dir leid, frage ich, ausgerechnet das.

Ja, sagt Martin, bevor er Richtung U-Bahn eilt und sich den trivialen Ärger auf einem langen Spaziergang den Kanal entlang nach Hause aus dem Kopf läuft.

Wenn man nicht geht*

Was für eine Plörre, sage ich.

Findest du, fragt mein Vater, ich finde den gut.

Ich sehe ihn fragend an, ich glaube ihm nicht, wenn er sagt, dass er etwas gut findet, weil das meistens nur heißt, dass er sich an etwas gewöhnt hat. Der Wein schmeckt karg, natürlich müssten wir was anderes trinken, etwas mit anderen Farben, die man neu entdecken könnte, einen Wein, den man sonst nie aus dem Regal holen würde, zum Anlass des Tages. Wir trinken den eigentlich immer, sagt er. Immer heißt bei meinem Vater abends, wenn er heimkommt von der Arbeit und seine neue Freundin und Fast-Frau das Abendbrot gerichtet hat und Käse, Butter und Wurst auf den Tisch stellt. Ein Rotwein, der bleibt, erdig, wie Wüstensand in ihrem ersten gemeinsamen Urlaub, jedes Jahr fahren sie dorthin wieder zurück und bringen auf dem Rückweg ein paar Kisten mit.

Hier gibt es nichts mehr zu holen, hatte der Tourleiter ihnen das letzte Mal gesagt, nachdem ihr Bus in der Kalahari-Wüste stehen geblieben ist. Ich hatte es in den Fotoalben gesehen. Überall nur Sand und Hitze und karge Felsen, auf die man eine flache Hand drücken konnte, um zu sehen, was sich zuerst verformt, und er hat wahrscheinlich Susannes Hand gedrückt und gesagt, schöner Urlaub, wirklich.

Fünfundvierzig Grad, sagten sie staunend und liefen im Gleichschritt nebeneinander her, das Salz sammelte sich unter ihren Brüsten, sie trugen Wanderschuhe, die sie in anderen Urlauben eingelaufen hatten, sie waren es gewohnt, ausdauernd nebeneinander herzugehen.

Bald, sagte der Tourleiter, bald.

Langweilig, sage ich, zum Wein oder zum Karo-Hemd meines Vaters. Er nennt es beruhigend, eine Liebe, in der nicht mehr viel

---

*   Weinempfehlung: Jordan »Cobblers Hill« (Jordanien)
    Kombinierbar mit: einem leeren Museumsraum, einer stillen Buchhandlung, einer Flughafenhalle um vier Uhr morgens

passieren wird, außer Hände, die sich von den Steinen wegziehen, und Salz, das sich unter den Brüsten sammelt, und das schweigend Nebeneinander-her-Laufen, Jahrgang um Jahrgang um Jahrgang.

Wie ist er nur so lange ruhig geblieben in der Wüste, frage ich mich heute manchmal, so unbesorgt. Aber damals wusste er, dass ein Auto kommen würde, das ihn da rausholen wird. Ich nippe an meinem Glas und blicke nervös auf die Uhr. Musst du schon wieder gehen, fragt mein Vater, genauso, wie er früher fragte, musst du schon wieder lernen und musst du schon wieder arbeiten, im selben vorwurfsvollen Ton, in dem andere Eltern fragen, nimmst du schon wieder Drogen, ohne genau zu wissen, was genau sie damit eigentlich meinen.

Bald, sage ich, wippe mit den Füßen und leere mein Glas zügig, vierundzwanzig Monate im Eichenfass und am besten zu rotem Fleisch, ich denke an rotes Fleisch, das auf dem Grill liegt und vor sich hin brutzelt und liegen bleibt, bis jemand sich dazu aufrafft, es mit der Grillzange umzudrehen.

Susanne ist doch noch gar nicht da, sagt mein Vater und sieht auf die Uhr, er weiß nicht, wo sie ist, weil er irgendwann aufgehört hat, Schritt zu halten.

Die wollte schon vor zwei Stunden da sein, sage ich, und mein Vater nickt zögerlich und bleibt sitzen, ohne sie anzurufen. Auf der Couch, auf der wir sitzen, bin ich als Kind schon mittags eingeschlafen und er dann abends vor dem Fernseher. Tja dann, das wird sicher eine großartige Hochzeit, sage ich und trinke noch einen Schluck, ich probiere noch mal, irgendetwas außer Staub zu schmecken, aber nichts, nur eine leere Fläche, von der aus man weit in die Ferne sehen kann. Ich gehe, denke ich, einer von uns geht, also dann, liebe Grüße an Susanne.

Hast du Martin gesehen, frage ich Rike, als ich zwei Tage später im Bacchus aufschlage, im Sommer sitzen die Gäste auch vor der Stube und teilen sich die Vorspeisenteller.

Wer ist Martin, fragt Rike und schiebt mir kommentarlos die Bestellung von Tisch Nummer fünf über die Theke.

Der Stammgast, sage ich, der immer auf dem Barhocker außen sitzt.

Ne, sagt sie, schon ewig nicht mehr.

Was heißt ewig, frage ich nervös, vor drei Tagen war er doch noch da, aber Rike zuckt nur desinteressiert mit den Schultern und dreht Rondò Veneziano wieder lauter. Kannst du dich um den Herren kümmern, ruft sie dann und deutet auf einen Mann, den ich kenne, am Fensterplatz.

Lieber nicht, sage ich, Rike, kannst du den übernehmen.

Kann ich nicht, sagt sie, ich habe jetzt Feierabend. Mike zwinkert mir zu und holt ihre Jacke von der unscheinbaren Garderobe. Martin fehlt immer an den wichtigen Tagen, denke ich, wenn ich gerade bei meinem Vater war und einfach gerne schweigend eine Flasche Rotwein trinken würde, oder wenn mein Therapeut plötzlich in meiner Weinstube sitzt und noch nicht weiß, dass ich ihn gleich bedienen werde. Ich wische mir die Hände an der Jeans ab und gehe auf ihn zu.

Mein Therapeut trägt keine Cordhosen, auch wenn Martin das behauptet. Er ist einfach ein Mann Anfang fünfzig mit einem Dreitagebart und Augenringen. Das ist jemand, der immer mit dem Fahrrad zur Praxis fährt und kein Bild von seinen drei blonden Kindern auf dem Schreibtisch stehen hat, aber den Ehering, den trägt er schon, und langärmlige, einfarbige Hemden aus einem Stoff, in dem man auch wandern gehen könnte, ohne zu schwitzen. Mein Therapeut neigt nicht zu Schweißflecken, er neigt zu gar nichts, er sitzt ausgependelt auf dem Sessel und hört aufmerksam zu. Es ist etwas her, seit ich bei ihm war, weil ich ihm in der letzten Stunde gesagt habe, dass ich gar nicht mehr im Bacchus arbeite, mich nicht mehr so häufig betrinke, stattdessen wieder studiere und dass das mit der Panik auch besser geworden ist.

Wirklich, fragte er, und ich antwortete, wirklich und nickte und meinte, dass ich schon große Fortschritte machen würde.

Entschuldigung, sage ich, was kann ich Ihnen bringen. Mein Therapeut sieht mich fragend an, während er seine Jacke über den freien Hocker neben sich legt. Er trägt einen Wollpulli, der nicht so aussieht, als könnte man darin gut Rad fahren.

Entschuldigung, wiederhole ich, weil er mich immer noch anschaut, als wäre ich ihm fremd, und weil sein Dreitagebart dichter geworden ist.

Ach, Sie sind es, sagt er dann, Sie brauchen sich doch nicht zu entschuldigen.

Wirklich nicht, frage ich und habe sofort das Bedürfnis, mich mit zwei Metern Abstand neben ihn zu setzen und meine Entschuldigung genauer zu analysieren, aber er winkt ab, ich habe gekündigt, Sie müssen sich einen neuen Therapeuten suchen.

Sie haben was, frage ich.

Was können Sie denn empfehlen, fragt er zurück.

Ich wollte schon wiederkommen, sage ich, ich hatte nur irgendwie vergessen, einen neuen Termin auszumachen.

Wenn mein Therapeut mich so ansieht, möchte ich ihm meine Antworten vor die Füße legen wie einen Stock, wenn er mich so anschaut, will ich ihm immer zeigen, wie gut ich bin im Apportieren.

Anna hatte ihn mir empfohlen, nachdem ich sie in den ersten Semesterferien nicht mehr zurückgerufen hatte, und erst nach einer halbe Flasche Wein von der Asche meines Opas erzählt hatte und von meiner Tante, die bald meinen Vater heiraten würde. Du musst da mit jemandem drüber reden, hatte sie gesagt, ich kenn da wen, bei dem wartet man gar nicht so lange.

Sie arbeiten ja immer noch hier, sagt mein Therapeut verwundert, das ist also die Kneipe.

Das ist sie, sage ich und tippe dreimal stolz auf das dunkle Holz des freien Nebentisches, als wäre das etwas Gutes.

Tja dann, wiederholt er, was können Sie denn empfehlen.

Da muss ich kurz meinen Kollegen fragen, antworte ich und winke erleichtert Martin zu, der eben mit seiner Kladde unterm Arm das Bacchus betritt.

Das hier ist mein Therapeut, flüstere ich ihm zu, der hat gerade seinen Arbeitsplatz verloren.

Hm, schwierig. Ist das Bolzenschussgerät zurück vom TÜV?

Nicht verloren, ruft mein Therapeut, ich habe gekündigt. Er steht langsam auf und läuft Martin und mir hinterher an die Bar.

Herr Hagen, sage ich, was wollen Sie denn trinken.

Das entscheide ich, sagt Martin, bring dem guten Mann Barbera.

Warum sollen Sie das entscheiden, fragt der gute Mann zurück, ich kann doch für mich selbst sprechen.

Das kann er wirklich, sage ich, das hat er mir beigebracht.

Nicht besonders erfolgreich, oder, fragt Martin zurück.

Ich war auch kein besonders guter Therapeut, sagt mein Therapeut, und ich hätte gerne den Barbera.

Komm mal her, sagt Martin, er hievt Herrn Hagen samt Barhocker näher an sich heran, wie man einen leicht angefahrenen Hund am Nacken packt und dann auf die Rückbank hebt, Martin klopft ihm auf den Rücken und sagt, nicht gleich die Flinte ins Korn werden.

Prost, sage ich, schiebe ihm zwei Gläser über die Theke, kippe mir eine Aspirin in ein leeres Wasserglas und sage, natürlich waren Sie ein guter Therapeut, ich habe Sie an alle meine Freunde weiterempfohlen.

Herr Hagen winkt ab und lässt seinen Kopf in die Hände fallen, die Bar ist so low, oder wie heißt das auf Deutsch, warum sind alle schon dankbar, wenn man ihnen einfach nur zuhört?

Also, sage ich, bei mir haben Sie schon mehr getan, als einfach nur zugehört, wegen Ihnen konnte ich den Tod meines Opas betrauern.

Ja schon, sagt Herr Hagen.

Also, sage ich, und wende mich Martin zu, darauf sollten wir anstoßen, darauf, dass man seine Gefühle zulassen kann, wenn man dabei richtig begleitet wird.

Am Arsch, sagt Martin.

Ich schaue gespannt zu Herrn Hagen, ich weiß noch, wie er mich in der zweiten Stunde ansah und meinte, Frau Fritz, Sie müssen Ihre Attitüde auch mal sein lassen und zugeben, dass Ihnen nicht alles egal ist.

Herr Hagen sieht gerade selbst aus, als wäre ihm alles egal, sein Haaransatz zieht sich zurück, er lässt seine schmale Hand da hindurchfahren und sagt: voll.

Wie, voll, frage ich.

Voll am Arsch, erwidert er, Prost, das Leben ist eben kein Ponyhof.

Eher ein Streichelzoo, sagt Martin und stößt mit ihm an.

Moment, sage ich, Sie haben mir erklärt, dass man aufarbeiten muss, was da in der Kindheit passiert ist.

Wenn ich noch einmal das Wort Kindheit hören muss, sagt mein Therapeut, dann schreie ich.

Dann schrei doch, Prinzessin. Martin lacht, und ich knipse mir noch eine Ibu 400 hinterher.

Nach der letzten Therapiestunde*

Woran Herr Hagen immer wieder denken musste, war, dass ein Patient einmal sagte, ich bin so alt, ich habe noch einen Tinnitus vom Urknall. Seit fünfzehn Jahren saß er seinen Patienten in dem Sessel gegenüber und redete über Mütter und Väter und über Partner, die klammern, und über Bindungsängste und Scheidungskinder. Er fragte nach, bis die Patienten von selbst draufkamen und Schicht um Schicht tiefer rutschten, in den Sessel und in ihre Brust. Herr Hagen verschränkte dann die Beine, er hatte sich selbst auch ausgefragt, morgens im Spiegel und im Auto, am Esstisch und zu Hause und im Ehebett. Er hat sich gefragt, bist du hier glücklich, und geht das noch so weiter, und ist ja auch egal, denn auch im nächsten Jahr würde es wieder Kalender mit dem Motiv des kleinen Prinzen geben, weil die Leute einfach nicht aufhören, das Wesentliche sehen zu wollen.

Es gibt kein richtiges Leben im falschen, haute Adorno mal raus und Herr Hagen weiß, dass er manche Patienten von einer Kompensationsstrategie in die nächste führte, wer früher Ritalin nahm, schrieb jetzt seine Sorgen auf Steine und schmiss sie in einer Schwitzhütte ins Feuer, und das nannten sie in der Therapie dann Erfolg. Herr Hagen freute sich, dass die Menschen dann wieder funktionierten, für ihren Arbeitgeber oder für ihre Mütter, die besorgt waren.

Wenn Herr Hagen dann nach Hause kam, dann trank er einen Wein, der nichts fragte. Pinot Noir oder besser noch Glühwein, und dann schaute er auf die Postkarten, die ihn aus der Ferne mal erreichten und auf einer Magnetschnur aufgespannt waren, er dachte an die gesammelten Tassen, an den Esstisch und die Ellenbogen, die er schon ausgehalten hat. Herr Hagen nennt das Schönsaufen der Altersringe.

---

* Weinempfehlung: Weinbau Philip Lardot, »Kontakt Rot« (Deutschland) Kombinierbar mit: eBay-Kleinanzeigen, Urlaubspiraten, einem Jahrespaket bei McFit

Ich will einfach nicht mehr nach Hause, sagt Herr Hagen.

Verstehe ich, sage ich.

Komm, sagt Martin, bleib hier, ich weiß, was man jetzt trinkt.

Bei Verlust des Arbeitsplatzes*

Der Verlust des Arbeitsplatzes ist oft im ersten, leider auch im zweiten und erst recht im dritten Moment schmerzhaft und kommt meist unerwartet. Die knüppelharte Ausbildung, die nägelkauenden Nächte der Prüfungsvorbereitungen, ausdauernde Praktika und schließlich aufopfernde Jahre, sich immer wieder ohne Rücksicht auf Privatleben und/oder Gesundheit der Geschäftsleitung zu empfehlen – alles mit einem herzlosen Federstrich dahin und weggefegt. Mal, wie man Ihnen förmlich und lapidar mitteilte, aus strategischen Gründen, mal weil der nassjungforsche Bankberater – beige Merino-Krawatte – eine junge Selbstständigkeit wie ein zartes Ringelblümchen im Staub verrecken lässt oder eben weil, wie so oft, ein blutjüngeres Stück Knackarsch Erfahrung und Übersicht aus dem schnellen Leben des multimedialen Agenturgewerbes gewackelt hat.

Sie stehen mit einem Pappkarton voll Schreibtischkrams und ihren Papieren auf dem Gehsteig, hinter ihnen das bis zu diesem Moment winkelvertraute Firmengelände, die Sonne scheint. Drauf geschissen, eine gute Pulle muss her. Ich empfehle den frischen und zugleich kräftigen Nero d'Avola. Der will nix, der kann einfach was. Es riecht nach Aufbruch, so jung der Wein im Jahr, so überschwänglich angstfrei wird er nun Ihre erwachenden, juvenilen Gedanken beflügeln. Streifen Sie den Muff der täglichen, nein, stündlichen morbiden Belehrungen Ihrer alten Chefin ab. Vertrauen Sie nur sich selbst und schmettern Sie Ihre flammende Leidenschaft gegen alle Widerstände des sich vor Ihnen auftürmenden ungewissen Nichts. Gießen Sie nach und schwenken Sie die Flasche Richtung Freiheit, halten Sie kurz inne vor dem örtlichen Starbucks und singen Sie lautstark *Killing in the name* von Rage against the Machine abwechselnd mit *Ihr seid nur ein Karnevalsverein*, dem *Las Ketchup*

---

*   Weinempfehlung: Luigi Avogadri, Nero d'Avola (Sizilien)
     Kombinierbar mit: bei einem malerischen Sonnenuntergang als Letzter
     die Skipiste runterfahren dürfen, und sich dabei das Bein brechen

Song oder, sofern Sie können, der *Fünften Sinfonie* von Beethoven. Gießen Sie erneut nach! Gehen Sie zum Friseur! Sagen Sie denen, die Ihnen etwas bedeuten, wie abgöttisch lieb Sie sie haben! Gründen Sie eine Band! Gründen Sie einen Verlag! Bleiben Sie stets den Menschen zugewandt und friedlich.

Schusswunden notdürftig verarzten

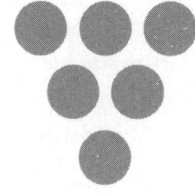

Auf dem Heimweg kurz vor einer Trennung*

Dieser Wein hat meiner Freundin klar gemacht, dass sie sich von ihrem Freund trennen muss, weil er die Flasche hochhielt und andächtig *gekühlte Vergärung im Edelstahl* sagte und sie zuerst an ihre dreijährige Beziehung und den Bausparvertrag und erst dann an das Etikett denken musste. Vielleicht wäre ein Cut jetzt gut, dachte sie da, als sie sich noch gegenübersaßen, vielleicht wäre es gut, den andern nicht mehr im Foto-Roll zu finden, nicht mehr in den häufigsten Chats, nicht mehr oben in den Vorschlägen, wenn Siri fragt, wen sie anrufen soll. Vielleicht wäre es gut, nur noch an ihn erinnert zu werden, wenn ihr iPhone fragte, weißt du noch? Heute vor einem Jahr.

Bevor meine Freundin das dachte, hatte ihr Freund gesagt, dass er sie liebte. Begehrt werden, dachte sie da, fühlt sich an, wie verwechselt werden mit einer schönen Frau. Sie meinte, der Wein müsse unbedingt in Martins Kladde, weil sie auf dem Heimweg ein paar Stunden später durch ihn poetisch denken konnte, nach einer halben Flasche dachte sie zum Beispiel daran, dass ihr Name in seinem Mund wie ein Arbeitstitel klingt und sich ihr Körper neuerdings anfühlte wie eine Benutzeroberfläche und dass sie ihm nach dem Sex einmal sagen wollte, ich will dich immer wegstreichen von dir, und es dann nicht sagte, weil der Satz keinen Sinn ergab. Sie meinte, das sei der richtige Wein für die Stunden, in denen man weiß, dass sich etwas ändern muss, aber noch nicht lang genug, um es laut aussprechen zu können, ein Wein also für die Zeit, in der ein Handy nutzlos ist und man nur sich und den Heimweg hat, den letzten, oder jedenfalls eines der letzten Male, in denen man aus der Nachbarschaft des anderen zurücklaufen und dabei an die verheirateten Arbeitskollegen denken wird, die so aussehen, als wür-

---

* Weinempfehlung: Winzergenossenschaft Bischoffingen, Grauer Burgunder, trocken (Deutschland)
Kombinierbar mit: »The National« auf Spotify, Tabakkrümeln in der Tasche, ausnahmslos nach rechts swipen

den sie sich oft nach einer Katzenklappe sehnen. Das ist der Wein, der auch zwei Monate später als Ausrede gilt, um noch einmal zu schreiben, ich bin zwar gerade betrunken, aber ich muss dir noch sagen, dass.

Ihr Freund wird sagen, dass sie dann einfach weggerannt ist, er wird sogar von Flucht sprechen, dabei bedeuten Bindungsängste nur, den anderen bei Instagram Story zu blockieren und in Zukunft auf dem Gehweg umzudrehen, wenn man zufällig gerade zum gleichen dm einbiegen wollte. Bis dahin ist man beliebt und beschäftigt und wartet auf Busse und auf Verspätungen, zwischen dieser grobmaschigen Einsamkeit, zwischen diesen Löchern sucht man sich einen freien Platz und schreibt dann, ich bin zwar gerade betrunken, aber ich muss dir noch sagen, dass.

Bei der zweiten Hochzeit des Vaters*

Der ist zehn Jahre alt, sagt mein Vater, und öffnet die Weinflasche so langsam, als würde er mit jedem Millimeter ein Jahr herausdrehen. Das braucht ein Barolo, sagt er, wie das duftet. Er dreht sich zu mir um. Als der Wein verkorkt worden ist, habe ich ihn noch angelogen, wenn ich abends länger ausgegangen bin, jetzt stoßen wir miteinander an, und ich komme nur noch zu Besuch. Dieser Wein braucht Raum, sagt mein Vater, sonst kann er sich nicht entfalten. Er gießt allen am Tisch andächtig ein, Susanne, seiner neuen Frau zuerst, meinen Cousins und meinem kleinen Bruder, der neben mir sitzt. Ist das jetzt die Schuld des Weines, frage ich mich, oder die Schuld der Enge, dass sich hier nie jemand richtig entfalten konnte, immer stößt man gegen Verwandte, die Jahrzehnte dafür gebraucht haben, das Haus abzuzahlen, Jahrzehnte für die Schiefertafeln vorne im Garten, für die Geranien und das Präparieren der Herbstdeko im Oktober, Jahrzehnte. So entstehen idyllische Höfe, auf denen Menschen Jahrhunderte bleiben, weil sie nicht fortwollen oder -können.

Und, fragt mein Vater erwartungsvoll, schmeckt ihr das. Ja, sagen alle und strengen sich an, noch etwas mehr zu schmecken, nur um ihn in seiner Auswahl zu bestätigen und weil der Wein so teuer war. Mit jedem Schluck fühle ich mich schlecht, weil ich etwas verbrauche, das sich selbst nicht nachfüllen wird, die Flasche bleibt leer am Ende, also halte ich den Wein immer noch ein bisschen länger im Mund, der Mund ist voll mit Barolo, deshalb habe ich jahrelang nichts gesagt, bin stumm geblieben, nicht, weil sich nichts hätte ändern sollen, sondern weil ich Angst hatte, endgültig runterzuschlucken und es dann zu bereuen.

Nebbiolo ist eine der Trauben, die am längsten reifen muss, so wie mein Vater, der heute ein zweites Mal heiratet, immer lange gebraucht hat, er hat jahrelang kaum mit uns gesprochen, also habe

---

*   Weinempfehlung: Marziano Abbona »Barolo« (Italien)
       Kombinierbar mit: Kirschschnaps, Schlagern, Suppenkoma, Verlustängsten

ich angefangen, auf seine Hände zu achten, auf seinen Bauch und seine Stirnfalten. Da ist doch etwas Himbeere, da ist doch eine leichte Säure unter den Taninen versteckt, zum Beispiel, wenn er mir nach dem Tanken Kaugummis gekauft, und wortlos nach hinten gereicht hat. Der Hauptgang kommt, und mein Vater nickt zufrieden, den Barolo darf man nur zu Wild trinken, ich starre auf die gestreiften Servietten, auf die braune Holztäfelung der niedrigen Decke, auf die rot karierten Polster auf den Stühlen mit Lehne, ich starre an meinem Vater und dem Barolo vorbei in die stickige Luft. Der muss noch atmen, sagt mein Vater. Ich auch, sage ich, gehe raus und rauche eine.

Draußen denke ich an die Trauben aus dem Piemont, an die Hügellandschaft umgeben von Weinreben in Italien, an Kaminbänke und ihre abgerundeten Holzverzierungen, über die man den Handteller legen kann. Daumenschmeichler, hatte meine Mutter früher dazu gesagt und war mit den Fingern darübergefahren und sonst über nichts mehr. Eine dicke Katze schmiegt sich an mein Bein und presst ihren Kopf in meine Wade, um sich an ihr zu reiben. Ich habe genau eine Erinnerung an meinen Vater, da hat er mich mal getröstet, habe ich Anna mal erzählt und Anna meinte, ja, wer hat eigentlich mehr. Meine Cousins kommen zu mir raus und leihen sich gegenseitig Feuer, während ich die Katze streichle, die genießt es wenigstens, angefasst zu werden, die anderen stehen in Sakko und Hemd herum und schwitzen darunter.

Die neue Frau meines Vaters passt zu ihm, Susanne ist wie Wildbraten, der ihn ein paar weitere Jahre nähren wird. Sie wird ihn reifen lassen, sie hat es nicht geschafft, das Eichenfass zu öffnen, ich sehe es an den Gesten, wie er ihr begegnet, wie jeder anderen Frau auch, so viel, worüber die beiden nie gesprochen haben, weil sie sich lieber die Haare kastanienbraun nachfärben. Meine Tante ist jemand, die an jeder Tanne erkennt, ob der Borkenkäfer schon drin ist, da, sagt sie, der Borkenkäfer, und dazu passt Barolo, zu der Erkenntnis, dass alles so schwer geworden ist und früher auch nicht leichter war.

Und wer, denke ich, kann ihm Vorwürfe machen, und wer ihr, das ist ja nie ohne Geschichte, genau wie ein Wein alles mitbringt, den Weinstock, die Suche nach Wasser, die Reifung, da kann doch der Barolo nichts dafür, dass er jetzt so dunkel schmeckt, dass seine Reben sich tief in den Boden graben mussten, um an Wasser zu kommen, man hat Wurzeln in Spanien gefunden, die waren bis zu siebzig Meter lang.

Später bin ich es, die das Geschirr abräumt, ich spüle die Gläser, mein Vater sieht nicht, was in der Spüle steht.

2007 war die erste Frau in Rheinhessen auf einem Etikett, Eva Vollmer. Winzerinnen haben schon immer auf Höfen mitgearbeitet, aber sie haben sich nie auf das Etikett drucken lassen. Den Barolo sollte man nicht in der Küche trinken, er passt nicht zu Kacheln, die man abwischen kann. Er passt zu Weihnachtsliedern nach dem Familienstreit, er passt dazu, dass man die Lieder nicht mehr nicht kennen kann, ich werde sie auch nicht los, ich könnte auswandern, und sie wären noch da. Barolo passt zu diesem alten Holz, das hier wächst, zu Gartenbänken, zu Eichenwäldern, zu den Bussarden, die über den Garten mit Zwergkaninchen kreisen. Die Buchen wachsen krumm, sagt mein Vater. Jetzt haben sie Fichten gepflanzt, aber da kommt der Borkenkäfer rein, weiß seine Frau. Dann gibt es Buttercremetorte, mit dem Nachtisch werden die Vorratsspeicher aufgefüllt. Das ist eine gute Familie, eine, in der alle am Tisch satt geworden sind und niemand etwas angesprochen hat. Der Barolo ist leer, mein Vater hatte nur die eine Flasche, auch nur die eine Familie. Wein gibt es noch mehr und die eigenen Wunden, und um die muss sich jeder selber kümmern, am Abend dann, am Waldrand.

*

Ich streunte ein paar Tage random durch die Stadt und versuchte, jedem altbackenem Klischee über den einsamen Cowboy im nicht vorhandenen Sonnenuntergang gerecht zu werden, langweilte mich schnell und verbrachte ein paar Tage fern von allem mit Schlafen, Kochen, Wohnen und klassischer Musik. Ab und zu schrieb ich einen Song. Ich brauchte diese Vakua. Ich wusste, dass sie nicht sonderlich gesund waren, aber am Ende einer solchen kurzen Periode hatte ich in der Regel genug Stoff für ein ganzes Album zusammen. Ein Freund schrieb ab und zu, ob alles ok sei, und ich log später, dass ich mein Handy irgendwo hatte liegen lassen. Ich klatschte mir in derselben Sekunde an die Stirn und warf den Kopf zurück.

Schon ok, schrieb er. Meld dich.

Ja.

Ja?

Ja doch.

Wenn man Kinder möchte*

Gieß mir mal ein, sagt Julia.

Fuck, sage ich und gieße ihr von dem trockenen Silvaner ein, aus einer Flasche in Babyblau.

Wieso, fragt Julia, den trinke ich doch gerne. Ich weiß, sage ich, und Julia winkt nur ab, weil wir beide wissen, am liebsten würde sie gar nicht mehr trinken, am liebsten hätte sie heute gesagt, tut mir leid, aber ich trinke nicht mehr, und dann hätte sie sich gerne über den Bauch gestreichelt. Der Wein kühlt von innen, und ich halte mein Gesicht an die Flasche, wie man es bei kaltem Marmor tun kann.

Wir sitzen am Fluss, Vater Rhein und Mutter Mosel, sagt Julia und gießt sich nach. Die Mosel weiß was übers Weiterfließen und übers Ruhigbleiben, der Rhein ist blau heute, als wäre es ein guter Tag. Es gibt einfach keinen besseren, sagt Julia, von allen Weißweinen ist das der beste, ach, Hildegard. Sie packt die Flasche am Hals und lächelt erst, nachdem danach die Stille ausgehalten ist, weil ich nicht sage, es klappt bestimmt besser, wenn man nicht trinkt oder das Sushi weglässt, und hast du es schon mal mit Unmengen an Brokkoli und einem Handstand nach dem Sex probiert.

Julia und ich kennen uns schon so lange, dass wir zur selben Frauenärztin gingen, unseren ersten Termin hintereinander buchten und an der Garderobe aufeinander warteten. Sie, sagte meine Frauenärztin, haben sehr schöne Eierstöcke. Danke, erwiderte ich. Wir beide starrten auf das Ultraschallbild, in dem sie hin und her leuchtete. Meine Frauenärztin ist niemand, der sich rasiert, das sah ich damals schon ihrem Ehering an, sie sagt so etwas wie, mein Körper ist ein Tempel, und der, der da randarf, soll sich glücklich schätzen. Sie kennt das, denke ich, sie kennt die Frauen in ihren verschiedenen Phasen, und bei mir denkt sie, aha, gerade siebzehn geworden.

---

* Weinempfehlung: Hauck, »Hildegard« Silvaner, trocken (Deutschland)
Kombinierbar mit: Kompensationskäufen, einem Thailandaufenthalt, einem Familienstreit

Das sieht aber alles super aus, sagte sie, und ich freute mich, nicht für mich, sondern für den Typen, der das als Nächstes nicht wertschätzen würde. Meine Frauenärztin schaut mich müde an, diese ganzen jungen Frauen, die sich fickbar machen für Typen, die immer nur alle zwei Tage antworten und dann nachts um zwei schreiben, kann ich noch vorbeikommen. Als ich durch das Wartezimmer ging, saßen da Mütter mit Kindern, ein paar ältere Damen, eine Jugendliche, alle mit Schamhaaren oder ohne, die Sex haben oder Angst vor Sex haben, die auf ihre Periode warten oder sich gar nicht mit da unten beschäftigen, die alle darauf warten, dass meine Frauenärztin ihnen sagt, dass sie schöne Eierstöcke haben.

Wusstest du, fragte ich Julia, als wir später nach Hause liefen, dass sich letztes Jahr so viele Frauen beim Rausziehen der gefüllten Menstruationstasse durch den Unterdruck selbst die Kupferspirale aus der Gebärmutter gezogen haben, obwohl die ja da eigentlich festsitzt.

Ne, sagte Julia, krass, sag mal, wollen wir noch kurz was trinken gehen, das war doch jetzt schon was Großes, oder.

Wir haben früher schon zusammen getrunken, nach sämtlichen Frauenarztbesuchen, weißt du, sagt Julia, mir hat sie noch nie gesagt, dass meine Eierstöcke schön sind, willst du nicht Leihmutter werden. Auf keinen Fall, sage ich und nehme noch einen Schluck. Julia trinkt eigentlich immer schneller als ich, aber heute Abend ist sie schweigsamer als sonst, als würde sie ihren Unterbauch betäuben wollen.

Wusstest du, dass es im alten Ägypten Yoni-Rituale gab, in denen die Vulva der Frau mit Milch und Honig verehrt wurden, wie kommen wir jetzt zu Pamela Reif in Strümpfen auf den Bushaltestellen-Plakaten, das ist doch kein Fortschritt, oder, das kann doch kein Fortschritt sein, wenn Julia jetzt sagt, ich glaube, ich lasse mir die Eierstöcke einfrieren.

Wie wird man so wie Sie, frage ich meine Frauenärztin nach meiner ersten Abtreibung, und sie sagt, ach, ein Medizinstudium, und ich nicke, als hätte ich das gemeint. Ich habe heute Jahrestag, sagte meine Ärztin, bevor ich den Raum verließ, meine Frau kommt gleich. Und Julia wartete auf mich im Wartezimmer und deutete auf die Flasche Silvaner in ihrer Handtasche. Ich kenne niemanden, der noch irgendwas auf Hildegard von Bingen gibt, hatte ich draußen gesagt, und Julia hatte den Kopf geschüttelt, die Frau konnte alles, und wir werden jetzt auch alles können oder ins Kloster gehen. Auf dich, sagt Julia, und wir stoßen an.

Beim Sex 1 *

Zum einen sind Alkohol und Sex seit jeher eine perfekte Liaison, zum anderen besteht der bundesdeutsche Sex laut Umfragewerten des DIMAP-Institutes von 2019 generationenübergreifend zu 98,43 % sowieso nur noch aus nachgespielten Softcore-Situationen der Fernseh- und Internet-Werbung: Schöfferhofer/Bauchnabäääl, »richtig gut flachgelegt – Ihr Bodenspezialist«, die Nogger-Reklame, der Titanic-Fick hinter blindgehechelten Kraftfahrzeugscheiben.

Der Rest ist denkbar einfach. Achten Sie auf eine gewisse Frische und Leichtigkeit, die schweren Roten machen müde und erfüllen daher nicht mehr die Grundkriterien des zeitgenössischen Leistungsdrucks.

Ein junger wie frischer Tempranillo funzt da ganz gut. Den verscheuert einem treffsicher jeder Mittelklasse-Supermarkt, und daher ist auch schnell dranzukommen, wenn es dann mal fix gehen muss.

Man schnurrt irgendeine lauwarme Anzüglichkeit hinter den Entkorkungs-Plopp, wedelt dann Kenntnis heuchelnd mit dem Korken vor der Nase rum, und ab geht die Luzie!

Sollten Sie sich hingegen in den mutigen und gedanklich flexiblen Omni-, Metro- und Pan-Lagern verorten, seien Ihnen hier zunächst dazu die allerherzlichsten Glückwünsche ausgesprochen.

Gehen Sie zum Tattoo-Studio und lassen Sie sich folgende Kurzübersicht dezent auf die Innenseite des linken Unterarms stechen, dann sind Sie für alle Zeiten gewappnet, in jeder brenzligen Situation eine in Sachen Weinauswahl gute Figur zu machen – auch wenn die Klamotten schon längst über dem Lampenschirm baumeln.

Casus: Rendezvous (Classic)
Wein: Masseto, Ornellaia
Effekt: Schmeichelnd. Öffnet die Köpfe und die Herzen.

---

* Weinempfehlung: s. o.
  Kombinierbar mit: Edelstahl-Plug, Kärcher K7 Smart Control, Reisebibel

Casus: First Date
Wein: Champagner Taittinger PRESTIGE ROSÉ, 3 l
Effekt: Funktioniert in einem statistischen Verhältnis von 91 zu 3.

Casus: Roleplay Dirty Secretair/Secretary/Secretix
Wein: Ochota Barrels (South Australia/Australien): Botanicals of
the Basket Range
Effekt: Fordernd, mutig, extravagant. Ein Provokateur und Radi-
kalinski!

Casus: BDSM
Wein: Château Boutisse Saint-Émilion Grand Cru
Effekt: Dicht und schwer. Beruhigt die Situation.

Casus: Threesome MMM, FFF, MFM, FMF, DDD, DMF, DFD, DMD,
MDM
Wein: Schorlefranzi Roséschorle
Effekt: Ab geht die Luzie!

Casus: Foursome (und aufwärts) MMMM, FFFF, MFFF, MMFF, FFFM,
MMMF, DDDD, DDMF, DMMF, FFFD, MMMD, DDDM, DDDF usw.
Wein: siehe Threesome
Effekt: s. o.

Wir wünschen ein formidables Wochenende!

Beim Sex 2*

Einmal habe ich Kai in das Bacchus mitgenommen, als sie am Samstagabend eine Weinverkostung veranstalteten.

Kennst du hier jemanden, fragte Kai, während wir im Windfang unsere Schuhe auf dem kleinen Vorleger abklopften. Ich schüttelte den Kopf, weil zwar einige Stammgäste da waren, aber nicht Martin, der meine Einladung mit den Worten, eine Weinverkostung wäre nur etwas für Menschen, die mit ihren Kindern montesorisches Erlebnisbasteln veranstalten, abgewinkt hatte.

Trotzdem hatte ich erwartet, dass er kommen würde, weil er oft Sachen sagte, an die er sich dann später nicht mehr erinnerte, und ich musste zweimal tief durchatmen, als ich feststellte, dass ich den Abend wirklich allein mit Kai verbringen würde.

Nein, erwiderte ich, nur meine Chefin. Ich winkte sie zu und stellte Kai kurz darauf als einen Freund vor.

Ein Freund, erwiderte Birgit und musterte Kai, sie tat das etwas spöttisch, weil Kai auch abends noch seine Ankle Boots aus Echtleder trug und so einen kleinen Schal über einem cremefarbenen Mantel.

Über Sex muss man nicht reden, sagte einer der Gäste später, als ich ihm gerade einen Riesling eingoss, das ist doch die natürlichste Sache der Welt. Er winkte ab, ich dachte, mag sein, dass Sex die natürlichste Sache der Welt ist, aber wir stehen hier gerade in hohen Schuhen in einem abgelebten Gebäude und trinken kalten Weißwein, und wenn eine Sache jetzt in irgendeiner Form irritieren würde, dann wäre das Natürlichkeit.

Oh, sagte Kai, ein Riesling, und dann hörte er nicht mehr auf, etwas über den Geschmack von Holunderblüten zu erzählen, über Birne und Tabak und wie der Abgang ihn an den Boden

---

*   Weinempfehlung: Domus »Domini« Klosterwein, Riesling Spätlese, trocken (Deutschland)
Kombinierbar mit: Sprachnachrichten aufnehmen, Fasten wollen, Hunkemöller verklagen

einer Tennishalle und an Melissenblätter erinnert, und alle nickten ehrfürchtig und nippten an ihren Gläsern. Martin fehlte mir. Ich hatte Kai zu unserem ersten Date einen Chardonnay mitgebracht, wir haben davor und danach zusammen angestoßen, wir haben zwischendurch einen Schluck genommen, neben den renovierungsbedürftigen Heizungskörpern, und uns tief in die Augen geschaut, wie kann es sein, dass ihn die Sekundäraromen an Eichenholz und Ahornsirup erinnerten und er vor dem Sex nur einmal erwähnte, es gerne rough zu mögen, und ich bis heute nicht weiß, was genau er damit meinte.

Wenn die natürlichsten Sachen der Welt oft am abwegigsten erscheinen, dann kann man doch nicht erwarten, dass sie beim Sex plötzlich leicht von der Hand gehen, dass man da plötzlich ehrlich ist, was man gerade empfindet, dass man überhaupt weiß, was man gerade empfindet, wenn man doch sonst eher nicht darauf achtet, weil ein authentisches Fühlen einfach nicht ins Zeitkontingent einer Zivilgesellschaft passt. Nur bei der Weinverkostung, denke ich und beobachte Kai, Birgit und ihre zwölf Gäste, wie sie sich gegenseitig übertrumpfen, immer wieder nippen, drei Sekunden warten und dann *Apfelstücke* sagen, *Kiesel* und *Aprikosenkerne*, nur da haben wir es gelernt. Der Wein kann nicht antworten, er schimmert einfach nur gelblich im Glas und lässt sich trinken oder in den Abfluss kippen, da braucht man keine Angst zu haben, dass er den Kopf schüttelt und sagt, du hast mich die ganze Zeit falsch verstanden.

Kai zitiert, denke ich und schaue zum Büfett hinüber, es ist leer. Er zitiert, er denkt sich Sachen aus, *Mandarine, Melone, Mango*, das hat er doch vorher noch auf der Toilette nachgelesen, für mich schmeckt der Wein in erster Linie nach gar nichts, und in zweiter Linie nach Gummimatte. Kai zitiert, denke ich, genau wie ich beim Sex zitiert habe. Ich fühlte mich, als hätte ich in dem Moment keine Meinung dazu zu haben, was gerade passiert, als müssten wir nur einem Drehbuch folgen, einem festen Ablauf, das, was passiert, wenn der eine Wein mitbringt und der andere gekocht hat. Dabei war ich es, denke ich, die Zeit aufbringen und schmecken und fühlen musste, selbst jetzt gerade ist das mein Abend, der an mir vorbeizieht, weil ich den anderen nicht das Gefühl geben möchte, ich hätte etwas Besseres zu tun, als zu ihnen nett zu sein.

Ich verabschiede mich von den anderen selbst erkorenen Sommeliers, ich sage, es ist doch schon so spät geworden, und Kai sieht mich an, mit einem Blick, der fragt, wartest du auf mich, aber er spricht es eben nicht aus, und ich tue so, als hätte ich ihn deshalb auch nicht verstanden.

Schade, denke ich, wenn wir uns früher von dem Gedanken hätten lösen können, dass es ein Richtig und Falsch gibt, dann wären wir dem Genuss etwas näher gekommen. Wenn es uns egal wäre, was irgendein Sommelier, ein Pornoproduzent, ein Pfarrer, ein Partner meint und wenn wir früher begriffen hätten, dass jeder das trinken sollte, was er möchte, und den Sex haben sollte, der ihm zum gegebenen Zeitpunkt guttut, und dass man seinen Geschmack auch jederzeit ändern darf und sich nirgendwo dafür rechtfertigen muss und dass Transparenz der erste Schritt zur Selbstermächtigung wäre, dann hätten wir uns einiges erspart, an Small Talk und an Aushalten und an Behauptungen, dass das doch jetzt ein schöner Abend gewesen wäre. Ich ging eine Weile, kehrte um, ging zurück ins Bacchus und ging dann später doch wieder mit Kai nach Hause.

Wie war deine Nacht, fragt Martin in meine Richtung, und bevor mein Therapeut Blickkontakt mit mir aufnehmen kann, drehe ich mich lieber in Richtung Küche und tue so, als würde ich dort auf eine Bestellung warten. Das ist der dritte Abend in Folge, an dem Herr Hagen neben Martin sitzt, aber der erste, an dem er keine Outdoor-Kleidung mehr trägt, sondern ein Band-Shirt von Pink Floyd, das kommt dabei raus, wenn Martin einem nach zwei Flaschen Wein auf die Schulter klopft und sagt, komm, wir kleiden dich jetzt mal richtig ein.

Wir waren bei ihm, rufe ich Martin zu, wir waren bei Kai, weil bei ihm nicht die Hauptmieterin ungefragt in die Wohnung kommt, wenn sie noch irgendetwas vergessen hat. Das ist uns bei mir zu Hause zweimal passiert, und beide Male waren wir angezogen.

Sorry, hatte sie gesagt, und mit dem Schlüssel gewinkt, aber dafür zahlst du auch weniger Miete.

Wir sind zu Kai gegangen, weil er in dem Handyshop gegenüber seiner Wohnung den Akku austauschen lassen wollte, aber als der Verkäufer meinte, dann müsse er sein Handy ein paar Stunden dalassen, konnte er sich doch nicht überwinden.

Ich hatte ein ungutes Gefühl beim Sex gestern, weil seine Hosen so eng saßen, dass ich sie ihm erst nicht ausziehen konnte und weil ich währenddessen meinte, er hätte gerade irgendwie eine Frisur wie Christian Lindner, und er in dem Moment in der Bewegung verharrte und geschmeichelt fragte, ehrlich?

Und, wiederholt Martin seine Frage.

Joar, sage ich und schaue ihm dabei nicht in die Augen, war ganz gut.

Danach ist es eine Weile lang still, während ich die Teller zu verschiedenen Gästen bringe, Wein nachschenke und die Tische mit einem feuchten Lappen abwische, ich warte darauf, von Herrn Hagen noch etwas zu hören, so etwas wie, das kling jetzt aber nicht sehr überzeugend, aber als er sich dann tatsächlich auf dem Barhocker aufrichtet und mir zunickt, sagt er nur: Sie machen das super.

Was, frage ich.

Das mit dem Eingießen, sagt er, Sie können ganz schön toll Wein eingießen.

Danke, sage ich.

Sehen Sie, sagt Herr Hagen und klopft Martin auf den Unterarm, bis er von seiner Kladde aufschaut, bei ihr geht nie irgendwas daneben.

Stimmt, sagt Martin.

Toll, sage ich, das reicht aber nicht.

Doch, sagt Herr Hagen und klatscht sein Weinglas auf die Theke, das reicht absolut.

Er klingt so bestimmt, dass ich für einen Moment tatsächlich überlege, ob er nicht recht hat, aber er hat ein abgeschlossenes Studium und eine eigene Praxis, und ich bin froh, in einer Kneipe zu arbeiten, in der ich die Toiletten nicht putzen muss.

Natürlich reicht das nicht, widerspricht Martin, ohne dabei von seiner Kladde aufzusehen, du kannst noch so viel erreichen, was ist denn mit deiner Bachelorarbeit, die These der Macht?

Die müsste ich noch mal neu anfangen, sage ich und Martin seufzt, aber das ist mir lieber als Kai, der auf dieselbe Aussage antwortete, wenn er sich zu einer besonderen Leistung motivieren möchte, dann schaut er sich einfach das Wahlvideo der FDP noch mal an. Ich habe mir damals noch nicht viel dabei gedacht, außer, dass Männer leider wirklich wenige Vorbilder haben, zumindest wenige mit vollen Haaren.

Ich musste nach dem Sex an Lindners Freundin denken, aber ich glaube, Kai kann mich nicht mit ihr vergleichen, dafür sind wir viel zu unterschiedlich. Meine Physiotherapeutin meinte einmal, Lindners Freundin hätte einen hohen Muskeltonus.

Ist das schlimm, fragte ich sie, während sie meinen unteren Rücken bearbeitete.

Nicht, wenn man früh genug mit Botox anfängt, antwortete sie, wegen der Zornesfalte.

Ich finde, die beiden passen zueinander, antwortete ich, sie sehen so aus, als wären sie wirklich jahrelang früh aufgestanden, als könnten sie das gut, morgens früh aufstehen und den Tag nutzen und Akkus selber austauschen. Die haben keine Löcher in den Tagen, haben Sie das Wahlvideo gesehen, Lindner beherrscht sicher die Pomodoro-Technik, Lindner teilt sich den Tag in Fünfundzwanzig-Minuten-Einheiten und fährt an den Ampeln superschnell an, wenn es auf Grün springt.

Ich glaube, erwiderte meine Physiotherapeutin, Lindner drückt Fischen in seiner Freizeit die Kiemen zu und nennt das Tierschutz. Ich musste lachen, aber als ich Kai davon später berichtete, fragte er mich, was an dem Satz jetzt witzig sein sollte.

Die These der Macht, fragt Herr Hagen, hatten Sie die Arbeit nicht schon abgeschlossen. Er blinzelt von seinem Barbera hoch, für einen Moment habe ich die Hoffnung, sein altes Ich wiederzuerwecken, als ich ihn provokant anlächle und sage, da habe ich gelogen.

Du hast in den Therapiestunden gelogen, fragt Martin, aber Herr Hagen winkt nur müde ab und sagt, das tun doch alle.

Du musst wieder studieren, sagt Martin und deutet mit dem Zeigefinger auf mich, du kannst doch nicht dein ganzes Leben in dieser Kneipe bleiben.

Warum denn nicht?

Weil ich vor dir sterben werde, sagt Martin und deutet zur Musikanlage hinter mir, und dann rettet dich niemand mehr vor dem schlechten Musikgeschmack deiner Kollegen.

Lassen Sie laufen, sagt Herr Hagen, Element of Crime ist für mich November als Musik.

Und weil ich Martin dann frage, seit wann kennen wir uns eigentlich schon, weil er dann antwortet, noch nicht lange genug, und weil wir uns dann angrinsen, wegen solchen Momenten habe ich lange gedacht, uns wäre eine Zukunft sicher.

Wenn man den Schuss nicht gehört hat*

Wenn man (m/w/d) den Schuss nicht gehört hat, kann ich die zugeordnete Weinempfehlung breit gefächert und geradezu weiträumig/leger aussprechen, denn hier kann die (medizinisch erwiesene) Strategie nur sein: gute Durchblutung. Alkohol verdünnt bekanntermaßen das Blut, und das ist wichtig, um in den feinen Äderchen des Innenohres einen Tinnitus oder Schlimmeres zu verhindern. Mit einem guten Schluck Weißwein können wir uns schon einmal auf die sichere Seite bringen und in Ruhe überlegen, ob wir nun wie ein aufgeschreckter Hühnerhaufen und ohne Unterhose ziellos durch das örtliche Einkaufszentrum randalieren oder aber die Schritte zwei, drei und vier konzentriert und geordnet angehen und die Situation umgehend in den Griff bekommen wollen. Wir entscheiden uns hier für Letzteres, verorten zunächst den/die Schuldigen und verschafften uns einen ersten Blick über das Gemetzel.

Zunächst ist die Frage zu klären: Wer hat geschossen? Und: Warum?

Vor allem aber: Wo? Vielleicht naht hier Rettung schneller als geahnt.

Warst du am Ende gar nicht zugegen, als geschossen wurde, oder aber wurde der Schuss vielleicht zeitlich versetzt abgegeben? Gibt es Spuren, Zeugen, anderweitige sachdienliche Hinweise ganz gleich welcher Natur? Hat man dich gewarnt? Aus welcher Richtung kam die Kugel, die dich traf? Frontal zwischen die Augen oder feig von hinten oder seitlich? Hast du das Eindringen der Kugel bemerkt? Versuchst du, dich zu erinnern? Kannst du wirklich ausschließen, zu keiner Zeit an keinem Ort einen Schuss, oder zumindest ein Schüsschen, gehört zu haben? Ich frage dich ein letztes Mal: Hast du denn wirklich den Schuss nicht gehört? Hallo?

---

* Weinempfehlung: Joseph Mellot, »Pouilly Fumé«, Domaine des Mariniers (Frankreich)
    Kombinierbar mit: Tausender-Packung Tavor, Schmauchspuren, Oropax

Überbrücke die Zeit des Darübernachdenkens, ob und wenn nein, warum du den Schuss nicht gehört hast, mit einem guten Gläschen Pouilly-Fumé, Domaine des Mariniers von Joseph Mellot, für den ich hier eine ausdrückliche Empfehlung ausspreche. Peng!

Wenn jemand sagt, ich liebe dich nicht*

Ich liebe dich nicht, das spricht ja niemand aus, da sagt man lieber: Ich mag dich schon, ich fand das schon gut mit dir.

Um mir das zu sagen, hat Kai mich zum Essen eingeladen. Jetzt wischen wir beide mit unseren Gabeln durch die Tagliatelle in Lachs-Sahne-Soße, und er muss mir noch mal Wein nachgießen, einen Pinot Grigio mit minimalistischem Etikett und extra kalt gestellt. Es braucht viel, um einen guten Pinot Grigio zu machen, und das hier ist einer, der eine ganze Stadt an einem ersten Sommerabend anschickern möchte, das hier ist einer, der erst mal jeden nach rechts wischt. Das verzeiht man ihm, weil man endlich wieder beim Italiener draußen sitzen kann und sie ihn kalt servieren und die Süße einen daran erinnert, dass man bald wieder Aprikosen kaufen kann und Melone löffeln und die Pfirsiche reif sind. Spaghettiträgerzeit, sagte Martin dazu, und ich ließ ihm das in dem Fall durchgehen. Der Typ, der das mit mir schon gut fand, schaut mich nicht an, während er jetzt schweigt, er schaut auf seine Nudeln, als hätte er nichts gelernt in den letzten Monaten. Warum immer jemand Distanziertes, fragt eine Freundin, du gehst immer davon aus, dass sie sich verändern, wenn sie ihren Kopf abends auf deinen Bauch legen, um gestreichelt zu werden.

Mit Kai zu schweigen, fühlt sich manchmal an, wie mit Kindern das kleine Einmaleins zu üben, sieben mal sieben, ich möchte ihnen vorrechnen, so schwer ist es doch nicht, dein Innerstes nach außen zu kehren. Ich möchte Männern wie ihm immer alles abnehmen, was ihnen schwerfällt, um es ihnen leicht zu machen, mich zu lieben. Ich trinke einen Schluck, solange er noch kalt ist. Jetzt starren wir beide auf das weiße Etikett, über das man auch nicht reden kann, weil so wenig drauf ist. Warum denke ich jedes Mal, da ist Tiefgang hinter der Langeweile, dass sich die eben nur nicht jedem

---

* Weinempfehlung Kellerei Meran, Pinot Grigio »Festival« (Südtirol)
Kombinierbar mit: den ersten Taylor-Swift-Alben, einem Unterschenkelhalsbruch, einer NARM-basierten Bindungsmustertherapie

zeigt, dass man die erst erleben darf, wenn man Geld dafür ausgibt und sich Zeit schafft und die Flasche mit nach Hause nimmt und ausgerechnet sie aus dem Regal auswählt, ausgerechnet diese nichts aussagende Flasche. Frauen wie ich passieren Männern, die so tun, als könnten sie sich nicht wehren, weil sie nie gelernt haben, Nein zu sagen, wenn man sie fragt, möchtest du das wirklich, selbst dann antworten sie, na ja, ist mir eigentlich egal.

Ich fand's auch schön mit dir, sage ich, und weiß noch, wie ich meinen Freundinnen von dieser Flasche Wein erzählt habe, das ist ein Pinot Grigio, so fein italienisch, ein bisschen wie Spritztour im Cabrio im Sommer, bis ich erfahren habe, dass er aus Neuseeland kommt, nur ein paar Euro kostet, und meine Oma so was zum Kochen trinkt, nur heißt die Rebsorte in Deutschland Ruländer. Die Primäraromen schmecken keiner von meinen Freundinnen, die sagen: So einen hattest du doch schon, und erinnerst du dich an die Kater danach. Sie sagen: Dein Männergeschmack ist wie Fahrstuhlmusik. Birne und Haselnuss, denke ich, Piment und Nelken, manche nennen das schlank, ich nenne das charakterlos. Das ist so ein Wein, den man überallhin mitnehmen kann, der einen nie enttäuscht. Er ist so verwässert. Genau wie Kai überall mitgenommen werden kann, darauf habe ich mich gefreut, ich dachte, den möchte ich mit den Freunden an den See mitnehmen und meinen Eltern vorstellen, und er wird niemanden enttäuschen, meine Eltern nicht und mich nicht. Und er enttäuscht wirklich niemanden, seinen Chef und seine Mutter nicht, und die drei Ex-Freundinnen, mit denen er immer noch in Kontakt ist, die auch nicht, und auch nicht die anderen, mit denen er schreibt. Das ist ein guter Junge, das ist ein guter Wein, der will ein Reihenleben in einem Reihenhaus führen irgendwann. Nur jetzt noch nicht. Kai sieht mich an, schweigend, Männer wie er können nicht trösten, weil sie selber nie getröstet wurden. Zu dem wurde gesagt, du musst auf deine Familie aufpassen, und jetzt hat er das gemacht und ist endlich frei und wird sich hüten, irgendeine weitere Verantwortung auf sich zu nehmen. Trösten ist bei ihm nie gut ausgegangen. Wir trinken beide einen Schluck Wein, er ist viel zu warm und geht gleich in den Kopf. Das ist so ein Wein, der nichts aushält, mit dem kann man nicht mal schreien, der will, dass alle ihn gut finden und dass er nirgendwo aneckt, deshalb kann man auch nicht weinen, er schmeckt, wie lauwarmes Wasser schmeckt, genau wie Kai, der einen nie halten konnte, der immer meinte, du musst doch jetzt nicht weinen, es ist doch gar nichts Schlimmes passiert. Der kann den Raum nicht halten, der bringt dich nicht an deine Grenzen, und eine Weile lang hast du dir das schöngeredet, da hast du deinen Freundinnen gesagt, du hättest auch gerne ein Reihenhaus, eines, das sich in zwanzig Jahren abbezahlen lässt, und ein Essen, das immer satt macht, Kartoffeln, Reis, Nudeln, das ist so eine Liebe, bei der man den Hosenknopf öffnen darf.

Wenn jemand einen nicht liebt, dann will man mit dem Schiedsrichter diskutieren, weil Fleiß doch eigentlich belohnt wird, weil man das zumindest in seinen Lebenslauf schreiben kann, wie ein Praktikum für Mindestlohn, wer rechnet einem das jetzt an, dass man jeden Tag um sieben Uhr aufgestanden ist. Nur in der Liebe, da zählen die Mühe nicht und die Zeit, da zählt nur die Emotion, das ist nicht fair, es gibt niemanden, dem man das jetzt erzählen könnte, außer Matthias Schweighöfer, ich glaube, Matthias Schweighöfer würde das verstehen.

Du liebst mich nicht, sage ich dann, nach dem zweiten Glas. Darum geht es doch, das kommt am Ende raus, nach dem ganzen angestrengten Kopfrechnen, und ich bin leider nicht Karoline Herfurth und auch nicht Nora Tschirner, und selbst wenn ich es wäre, dann hat er keine neunzigminütige Heldenreise durchgestanden, keinen Roadtrip mit seinem besten Freund hinter sich gebracht und nach dem Tiefpunkt bei Minute sechzig gemerkt, was im Leben wirklich zählt, nein, mein Typ war die letzten drei Monate arbeiten, zocken und hat sich ab und zu mit Freunden getroffen. Du liebst mich nicht, das muss man immer selbst aussprechen, das muss man sich eingestehen, dass man von Männern wie ihm nicht geliebt wird, dass das vermutlich, würde ein Therapeut sagen, viel weiter zurückgeht, dass man an den Vater denken müsste, und dann muss man sagen, ich will aber nicht mehr über die Väter der Männer nachdenken, die mich nicht lieben, was geht mich sein Vater an, jetzt lern endlich Kopfrechnen. Man möchte seine gesamte Schweighöfer-Sammlung auf die Straße stellen und keine Liebessongs mehr hören und nur noch Björk lauschen und ab und zu einen Urschrei rauslassen.

Was soll er sagen, ich bin ihm passiert, und jetzt passiert ihm sein Alleinsein, und er sagt, das wollte ich aber nicht, und ich denke, genau das ist dein Problem, dass du eigentlich noch nie so richtig irgendwas wolltest, außer einen tiefen Rückzug in die eigene Ebbe.

Dann lasse ich ihn mit der restlichen Flasche allein, und das nächste Mal gehe ich nicht nach Etikett, das nächste Mal möchte ich Selbstgebrannten aus einem alten Keller, so einen Selbstgebrannten, der alles innen sofort ankokelt.

Lass und einen Weinführer schreiben, sage ich zu Martin später im Bacchus. Einen, der sich nicht auf das snobistische Wissen der Feierabendsommeliers beruft und sich lediglich damit beschäftigt, womit man seine Gäste auf der Erstkommunion von Hanna Elisbath beeindrucken kann, sondern einen, der eine wirkliche Lebenshilfe ist, wenn man in der Patsche sitzt oder nicht weiß, wohin mit seiner hochgestapelten Euphorie. Gute Idee, sagt Martin. Wichtig wäre in diesem Zusammenhang nur, dass der therapeutische Konsum unserer Klientel nicht auf Freiwilligkeit beruht, sondern mit verbindlichem Rezept zur Einnahme verpflichtet.

Wir verwarfen die Idee wenige Minuten später aus Gründen einer demokratisch-freiheitlichen Grundhaltung und spendeten beide fünfzig Euro per PayPal an Sea-Watch, um trotz der planungstechnischen Niederlage die Welt für diese Minuten doch noch irgendwie ein Stück besser gemacht zu haben.

Wenn ich nicht weiß, wohin mit meiner Wut*

Kaufen Sie diese Flasche (würden Sie sonst nie). Spüren Sie beim Trinken eine Art hoffnungsvoller Verzweiflung darüber, dass ein Wein billiger und obszöner ist als Sie und trotzdem von irgendjemandem gewollt wird. Schlagen Sie gegen die Wand. Fluchen Sie auch. Fangen Sie mit *Nacktarsch* an, und machen Sie dann weiter.

---

* Weinempfehlung: Moselland »Kröver Nacktarsch«, lieblich (Deutschland)
Kombinierbar mit: Wiener Schnitzel, Sperrgut, einem Streit an der Supermarktkasse

Später*

Über zwanzig Euro für eine Flasche, damit Sie spätestens bei der dritten, die Sie aus dem Regal nehmen, denken: Na ja, das geht jetzt aber auch ins Geld. Ein weiterer Vorteil dieses Rotweins ist, dass er gleich als optimal trinkreif eingestuft wird und nicht vorher atmen muss – Sie können ihn also noch im Laden aufschrauben, who cares. Die sympathischen Österreicher haben sich auch um das Etikett bemüht, und die poesievolle Anordnung der Worte erinnert Sie auf dem Heimweg daran, dass es sowieso mal wieder Zeit wird, um bei der ersten Flasche zu Gedichten von Erich Fried und Texten von Roland Barthes zu weinen und danach, am Ende der zweiten Flasche, Ina Müllers *Mein Herz kriegt wieder voll auf die Fresse* zu hören. Falls es noch schlimmer wird, fahren Sie direkt nach Wien, legen Sie Ihren Kopf auf einer Mahagonitheke in einem verrauchten Nachtcafé ab, trinken Sie fortan nur noch Ottakringer und lauschen Sie (so kurz wie möglich, so lange wie nötig) dem tröstlichen Dialekt.

---

* Weinempfehlung: Judith Beck, »Zweigelt Bambule!« (Österreich)
Kombinierbar mit: Zentralfriedhof, Fladerei, Museum der zerbrochenen Beziehungen

Noch später*

Machen Sie sich im Laden noch etwas vor, greifen Sie nach der Flasche, von der Sie denken, dass sie Sie an den Urlaub auf der Insel erinnern wird, mit der sonnigen Farbe und allem, jetzt ist Aufbruch, denken Sie, und der Herzschmerz vorbei. Fangen Sie zu Hause nach einer halben Flasche an zu weinen. Weinen Sie lange. Kapitulieren Sie vor Ihren Gefühlen. Gehen Sie wieder ins Bett.

---

* Weinempfehlung: Samos Muscat Dessertwein (Griechenland)
Kombinierbar mit: Wolkenbruch, Katzenstreu, ZDF Hitparade 1979

Noch viel später*

Ein Feierabendwein, der einem nichts beweisen will. Er schmeckt ehrlich und halbtrocken. So fühlen Sie sich auch. Das ist ein Anfang.

*

Du kannst doch nicht anderen Leuten Tipps geben, und wen siezt du hier eigentlich. Martin schaut mir beim Schreiben über die Schulter, er linst nur einmal auf das Blatt. Lass mich, sage ich zu ihm, und denke daran, dass meine Tante sich seit der Hochzeit nicht mehr gemeldet hat und dass ich die Übergriffigkeit wohl von ihr geerbt habe, oder von meiner Oma, die Eierlikör gegen Magenschmerzen verabreicht. Da muss ja irgendwer mal besser beraten werden als ich, erwidere ich. Rike hat noch Dienst, und ausnahmsweise muss ich nicht auf die Tische achten, die hinter uns wochenendvoll sind. Aber hoffentlich nicht mit Wein, sagt Martin, und hoffentlich nicht von uns. Ich schmeiße die Kladde zur Seite, die er mir ausnahmsweise geliehen hat, und wenn, sagt Martin und fängt das schlitternde Heft am anderen Ende der Theke ab, dann nicht mit Trollinger.

Hey, du König in Thule, sage ich zu Martin, was ist denn mit dir. Ich habe ihn noch nie nach der Liebe gefragt, aber lange schon fragen wollen, so, wie ich Menschen mit fettigen Haaren fragen möchte, ob es ihnen gut geht, und dann abwinke, bevor sie mit *muss ja* antworten können.

Ich stemme mich mit den Händen an der Spüle ab, bis sich die Ellenbogen durchdrücken, während Martin erst mal einen langen Schluck nimmt.

Hey, sagt er ein paar Minuten später, warum drehst du dich weg.

---

* Weinempfehlung: wzg Württemberger, »Trollinger halbtrocken« (Deutschland)
Kombinierbar mit: Tagesschau, Morgentau, Durchgangsschauer

Ich dachte, sage ich und nehme ihm sein leeres Glas ab, das wäre schon die Antwort gewesen.

Martin rollt mit den Augen. Also, sage ich.

Mit der Liebe, sagt er, ist das so eine Sache.

Ja, sage ich, was denn für eine?

Wissen Sie, Frau Fritz, erwidert er, da wachsen Sie auch noch rein.

In was denn genau, frage ich zurück, ich hake nach, während Martin weiter ins Aufziehen verschwindet, nie würde ich einen Namen aus ihm herausbekommen, und als ich es dann doch einmal tat, in einer anderen Nacht, da hat er ihn noch nicht einmal besonders betont. Du musst aufhören, dich immer mit allem zufriedenzugeben, ergänzte Martin, nur weil das besser ist als nichts. Weißt du was, sagt er, das ist eine Lüge.

Was, frage ich, und trockne noch ein paar Gläser mit einem Baumwolltuch ab, bis keine übersehenen Wassertropfen mehr antrocknen und Flecken hinterlassen können.

Wenn etwas besser ist als nichts, meint er, dass es dann wirklich besser ist.

Bei Liebeskummer*

Liebeskummer ist ein sich global unabhängig von Herkunft, sozialem Status und Geschlecht immer und immer wiederholendes Spektakel, das bei Eintritt als unüberwindbarer Dauerweltschmerz und dann meist nach einer Weile X recht schnell als lapidares Irgendwas wahrgenommen wird und retrospektiv als geradezu unspannend und lästig archiviert wird. Durchaus zu vergleichen mit: Sie erhalten die Nachricht, dass die alte Muschi nun doch eingeschläfert werden muss. Die ganze Familie schleppt sich tränenüberströmt zum Tierarzt, und zwei Wochen später sitzt eine neue Muschi aus dem Tierheim auf dem Sofa, der alte Kratzbaum ist noch gut in Schuss, und alle machen weiter wie bisher.

Scheißen Sie sich nicht an, zeigen Sie Haltung und sabbern Sie Ihren Freundeskreis nicht damit voll. Popeln Sie die Telefonnummern Ihrer Übergangsaffären aus den alten Back-ups, und genießen Sie den Sommer.

Die dazugehörige Weinempfehlung darf hier getrost mit Anything goes übermittelt werden, allerdings sei hier im speziellen der Grans-Fassian Grauburgunder empfohlen. Ein junger, Spritziger, der nicht müde macht und daher zum einen nach Aufbruch riecht und schmeckt, und dann aber doch mit einem erwachsenen Boden dazu taugt, wenn des Nächtens das berühmte Pipi in den Augen doch mal rasch weggespült werden will – und muss.

*

Was ist denn los mit dir, fragte Anna, und ich sagte nichts, weil ihr die Ballonärmel des tiefroten Kleides ins Essen hingen und ihr Leben so kompliziert war und meines so einfach, es bestand fast nur noch daraus, in der Seitenstraße abzubiegen, den Türknauf zum Bacchus mit einer Schulter an der schweren Tür aufzustoßen und

---

* Weinempfehlung: Grans-Fassian, »Grauer Burgunder«, trocken (Deutschland)
Kombinierbar mit: nassem Handtuch, Beißring, Putzalkohol

hinter der Theke so zu tun, als wäre es entscheidend, ob jemand Chianti oder Trollinger trinkt. Die meisten Tage waren gut, zumindest die, in denen ich vergessen konnte, dass ich schon wieder ein Jahr älter geworden war und immer noch nicht wusste, wohin ich meine Hände tun sollte, damit sie auf Fotos gut aussehen. Ich aß meistens nur noch das, was mir der Koch am Ende der Schicht heimlich zuschob. Ich wartete darauf, von dem Schaufenster einer Bäckerei angesprochen zu werden, oder von dem, was bei Edeka in der To-go-Abteilung liegt, und selbst an diesem Abend, an dem Anna für mich gekocht hatte, drückte ich die Nudeln akribisch mit dem Löffel auf meinem Teller platt.

Ich weiß es nicht, sagte ich, die Welt spricht mich irgendwie nur noch so selten an.

Gehst du noch zu Dr. Hagen, fragte Anna, und ich nickte, dabei wartete ich nur, dass er wieder ins Bacchus kam.

Versprichst du mir das, fragte Anna.

Versprochen, sagte ich, und sie deutete, nachdem sie mir prüfend in die Augen geschaut hatte, auf die Umzugskartons in der Ecke. Für mich, grinste sie, geht es nämlich weiter nach Berlin.

Wo hast du denn Herrn Hagen gelassen, fragte ich Martin, als wir Tage später wieder zusammen an der Theke hingen, Martin mit einem Arm in der Kladde vergraben, ich den Blick auf die voll besetzten Tische gerichtet. Draußen dämmerte es jetzt schon nachmittags, und die Gäste, die reinkamen, mussten sich den Nieselregen auf der Fußmatte abtreten. Der, sagte Martin, ohne dabei den Kopf zu heben, holt jetzt seine Jugend nach.

Am Theater, fragte ich, weil Herr Hagen die letzten Male immer davon erzählt hatte, wie er zweimal Komparse beim Tatort war und einmal gesagt bekommen hat, dass er ja aussehe wie der Hauptdarsteller.

Dann war ich Licht- und Stehdouble, hatte er gelallt und mich stolz angesehen.

Was muss man dann machen, hatte Martin gefragt, und mein Therapeut hatte geantwortet, da darf man die Klamotten des Hauptdarstellers anziehen, und dann wird man nur von hinten gefilmt. Aber, hatte er gesagt und eine Hand gehoben, ich hatte den Gürtel zwei Löcher enger schnallen können als der echte Schauspieler.

Wie konntest du denn Therapeut werden, hatte Martin gesagt und sich an die Stirn gefasst.

Ich musste, hatte Herr Hagen geantwortet und mir sein leeres Weinglas bittend rübergeschoben, ich hatte sehr gute Noten in der Schule.

Super für ihn, sagte ich zu Martin, Anna zieht auch nach Berlin, am Ende bleiben nur wir beide noch hier.

Du gehörst auch nicht hier hin, sagte Martin, und in Berlin gibt es auch eine schöne Kneipe, die heißt Narkosestübchen.

Ich weiß, sagte ich, ich fand auch gar nicht so schlimm, dass sie nach Berlin zieht, ich verstehe nur nicht, was sie meint, wenn sie sagt, für sie gehe es jetzt *weiter*.

Martin stellte sein Glas ab und schaute mich lange an, du kannst doch nicht ernsthaft glauben, Sophia, dass du den Rest deines Lebens hinter dem Tresen stehen magst.

Warum denn nicht, fragte ich zurück und drückte trotzig den Schwamm über der Spüle aus, mir macht das Spaß.

Neulich habe ich meinen Professor beim Hals-Nasen-Ohren-Arzt getroffen, er passte gar nicht in das kleine Wartezimmer mit Teppichboden, der Professor ist einer, der sich zwischen zwei Marmorsäulen in der Mitte eines großen Saals am wohlsten fühlt.

Mein Professor, sagte ich zu Martin, meinte, ich solle das mit der Bachelorarbeit noch einmal versuchen.

Mit der These der Macht, fragte Martin.

Genau.

Auf dich, sagte er und prostete mir zu, und auf Herrn Hagen, der jetzt noch mal zum Teenager wird.

Das Ende einer durch-rasierten Zeit

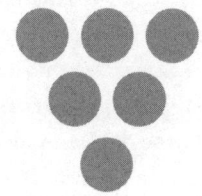

Beim ersten Vollrausch*

Der erste Vollrausch findet meistens mit minderwertigen Alkoholika oder dem, was halt gerade greifbar war, statt: Muttis Aufgesetzter, Hansapils, Fanta/Korn. Bei einem solch prägenden Lebensereignis sehe ich mich aber verpflichtet, mahnend den Finger zu heben und mit diesem Kapitel einen radikalen Paradigmenwechsel für die abendländische Kultur ins Rollen zu bringen.

Ich bin der Ansicht, dass gerade ein Ereignis von derartiger Tragweite mit Haltung, Anstand und maximaler Qualität des Narkotikums nicht nur begangen werden sollte, sondern muss. Daher habe ich vollstes Verständnis für den Nachwuchs, dem neben dem spärlichen Taschengeld nur der nüchtern kalkulierte Diebstahl bleibt. Haben Sie keine Angst, denn, egal, wie Ihr Kind sich das Zeug besorgt – es ist noch nicht strafmündig, und es dauert (versprochen) maximal fünfundzwanzig Jahre bis auch der letzte Pharisäer Ihrer Familie diesen Husarenstreich (»Waren wir nicht alle mal jung?«) unter jugendlichem Kavaliersdelikt abgespeichert hat. Hier seien exemplarisch und aufgrund der Fülle der Möglichkeiten lediglich zwei Varianten erwähnt und gleichermaßen empfohlen: Variante A: Mein Neffe Malte plünderte diesen Sommer in der Abwesenheit seiner Eltern den Weinkeller, schanghaite in Ruhe unter Zuhilfenahme einer gängigen Wein-App die drei teuersten Flaschen und gab später an, bei der Auswahl besonders auf die Kernbegriffe Château, Gabarinza und Riserva geachtet zu haben. Er griff zielgenau immer zur ältesten Flasche des Bestandes, setzte sich an die nächste Bushaltestelle und schaute zu, wie die Situation sich entwickelte. Variante B: Meine beiden Nachbarskinder Torben und Friedrich warfen kurz vor Torbens vierzehntem Geburtstag gemeinsam des Nächtens eine alte Waschmaschine durch die Fensterfront des örtlichen Weinhandels. Sie gingen mit den Ellenbogen einmal durch das oberste Regal im hinteren Ladenteil, sammelten alles auf, was

---

*   Weinempfehlung: s. o.
    Kombinierbar mit: Armdrücken, Tumblr-Blogs, Axe-Deo

davon heil geblieben war, und entfernten sich eilig vom Ort des Geschehens. Sie genossen den weiteren Verlauf der Veranstaltung und versuchten, sich zügig, aber würdevoll in beliebiger Reihenfolge zu betrinken. Für beide Fälle gilt: Das Ende dieses Vorgangs war für die Beteiligten unerheblich, weil sie sich nicht daran erinnern konnten.

Falls Ihr Kind Ähnliches vollbracht hat, müssen Sie sich keine Gedanken über die juristischen Konsequenzen machen, denn, noch einmal: Er oder sie ist noch nicht strafmündig und kann die zugewiesene Sozialarbeiterin in den nächsten Wochen in komplexe Genderdiskussionen und generelle Themen des Sich-nicht-Verstandenfühlens verwickeln.

Ich habe dich durchschaut, mein alter Freund. Sophia lachte und kippte großzügig nach. Deine Taktik ist so einfach wie genial. Du willst dich einfach selber nicht ernst nehmen müssen. Deine over the tops sind ein kreuzgemeiner Freibrief, den du dir selber zum inneren Durcheskalieren ausstellst. Du willst einfach Mikro und auf alles scheißen.

Alle ab auf die Guillotine, sagte ich mit betont herrischer Geste. Lass uns verrotten, bis sich niemand mehr an uns erinnert. Und dann bauen wir alles neu, was kaputt gegangen ist. Gib mir eine IBU, bitte.

Ich musste mit der Zeit meine Meinung und Überheblichkeiten gegenüber Sophias feingliedrigen wie mutigen Ideen zu modernsten wie revolutionären Therapieansätzen revidieren, und es fiel mir leicht, ihr dies geradezu förmlich und lediglich unterbrochen von übertrieben feierlichen, tiefen Atemzügen mitzuteilen. Ich bimmelte mit meinem Schlüsselbund an mein randvolles Glas Primitivo, der gerade neu auf der Monatskarte eingeflattert war, und begann meinen Vortrag mit bleischweren Worten: Pass auf! Du hast recht. Du hast sogar mehr als recht. Denn du hast immer ein Angebot. Und ich nur immer ein Nein. Du generierst immer ein Ohr oder einen Safe Space und ich immer nur eine letzte alberne Parole für eine nächste alberne Schlacht, die es nicht gibt, aber die ich immer wieder auszurufen versuche, um andere zu einem Streit zu verführen für meinen vollkommen unnützen Kampf, der aber nicht der ihrige ist, weil es ihn verdammt noch mal nicht gibt und ich verdammt noch mal andere nicht damit belästigen sollte, warum es mich immer und immer wieder auf die Straße treibt. Das ist Betrug. Ich sackte in mich zusammen und fühlte eine tiefe, innere Zufriedenheit. Anstatt aber ihren deutlichen Punktsieg mit einem bissigen Kommentar zu zementieren, fiel ein stilles, kleines »Danke. Danke für deine Aufmerksamkeit« aus ihrem Mund auf den feierabendfertig polierten Schanktisch.

Nach den vielen großen und kleinen Geschichten, die wir uns Nacht für Nacht um die Ohren wickelten, lachten wir uns entweder bis ins Koma, oft genug aber saßen wir nur sprachlos und ergriffen da. Manchmal schluchzten wir gemeinsam über Verspielt- und Verlorenes oder schnauften unsere gemeinsame Ratlosigkeit in die Stille. In der Nacht, in der ich ihr mein inneres One-eighty gestand, saßen wir durchgeheult bis auf die Knochen nebeneinander, und mein Fehler im System rasselte an meine Großhirnrinde wie der Torpedoalarm auf der Enterprise.

Ich hatte ihr zuvor in gespielt unantastbarer Manier und betont cool von einem herben Verlust in meinen jüngeren Lebensjahren erzählt, als mir plötzlich, obwohl ich die Geschichte schon viele Male geradezu unberührt erzählt hatte, die Tränen herunterflossen wie die Fluten den Rhein im April.

Sie schenkte unaufgefordert nach und stellte außer der Reihe zwei doppelte Williams neben mein Weinglas.

Hau ab mit der Scheiße, ich sauf kein hartes Zeug!

Das hättest du viel früher machen sollen, sagte sie.

Ja. Ich weiß.

Wir kippten den Willi eilig wie die Dachdecker beim Richtfest und saßen noch lange schweigend und weinten. Vielleicht eine gute Stunde oder zwei, vielleicht länger.

Bei periodisch eintretender Euphorie*

»Le Nouveau est arrivé!« schreiben die französischen Gastronomen am Tage der Erstlieferung groß an ihre Pforten und eine ganze Nation gibt sich dem lustvollen Taumel hin.

Meine erste Erfahrung mit einem Beaujolais Primeur führt zurück auf eine Liebesgeschichte zwischen mir, einer Dachlatte und einem Rüschenhemd, das ich in der Faschingskiste meiner damaligen Lebens(-abschnitts)gefährtin, fand und es war, um historisch korrekt zu bleiben, ein Pataphysique Domaine Jules Desjourney. In meiner Erinnerung ein Hammertröpfchen. Aber eins nach dem anderen.

Der Beaujolais marschiert und packt an. Ein kleiner Springinsfeld mit dem Fuß auf dem Gaspedal und immer Richtung Sonne. Aufgrund der für ihn einzigartigen Fermentationstechnik ist ein Primeur zwar so schnell wie kein anderer Wein nach der Vergärung trinkbar, hält aber dummerweise dafür auch nicht lange – wobei, Glückes Geschick, umso reuefreier kann man in diesem Fall mit der geistigen Haltung einer Bauarbeiterritze sagen: »Allez, allez! Das Zeug muss weg!« »So jung kommen wir nicht wieder zusammen«, oder: »La prochaine fois que nous nous retrouverons tous ensemble, nous aurons tous vieilli!«

Der Primeur darf traditionell bereits ab dem dritten Donnerstag im November des Jahres seiner Herstellung verkauft werden (was auf eine alberne Streiterei irgendwelcher geifernder Geschäftemacher*innen und der örtlichen Administrative zurückzuführen ist) und sollte bis spätestens Ostern konsumiert werden. Das ist kein Fachwissen, das steht auf der Homepage vom Edeka.

Der Verzehr eines Beaujolais Primeur kommt der Einnahme eines segensreichen Cocktails aus Amphetaminen und Glückshormonen gleich, macht ungemein wach, aber auch schwelge-

---

*   Weinempfehlung: Pataphysique Domaine »Jules Desjourney« Beaujolais
     Villages (Frankreich)
     Kombinierbar mit: Seemannsgarn, vegetarischen Hackbällchen, Eigenurin

risch/schwärmerisch, retardiert aggressiv und bescheuert. Selten habe ich eine derart hintergrundlose Euphorie erlebt als die juvenile, prompte Wirkung bereits nach dem ersten Glas. Jedes weitere Null-zwo katapultiert den Feierabendromancier*euse in ungewohnte Höhen und sollte niemals ohne Auf- und Nachsicht einer geruhsamen und sonderpädagogisch geschulten Begleitperson erfolgen. Die »Wir euphorisieren uns zum Overkill«-Spirale muss in diesem speziellen Fall wohl die ganze Nacht gedauert haben, und seriöse Quellen berichten mir bis heute, dass ich am jungen Morgen des nächsten Tages angeblich, was ich weit von mir weise, in ebenjenem Rüschenhemd auf dem Balkon, die Dachlatte einem Säbel gleich schwingend und jeden Satz beginnend mit »Völker hört die Signale« lautstark die wohl noch schlafende Nachbarschaft agitierte und nur unter lautstarkem Protest und den letzten Worten »Und führet man mich heute noch zur Guillotine, chère Juliette, so pfeife ich fröhlich dies' Lied und spei der Burgeoisie meine Galle in ihr fahles Antlitz!« zur Einsicht und Nachtruhe zu bewegen war. Entscheiden Sie selbst, ob Dinge dieser Art in Ihr Portfolio der Freizeitgestaltung passen ... oder eben nicht.

*

Die wirklich schrägen Sachen sind wirklich passiert, die noch schrägeren, meinte Martin, würden erst noch kommen.

Alles klar, sagte ich und stützte mich auf der Theke in meiner persönlichen Schieflage ab.

Wart's ab, sagte er, bei der nächsten Pandemie. Ich nickte, weil ich gelernt hatte, wann er irgendwas mit Dreistigkeit erfand und wann zumindest ein Funken Wahrheit in seinen Räuberpistolen zu finden war.

Ich habe wieder angefangen, meine Bachelorarbeit zu schreiben, sagte ich. Ich sprach leise, obwohl Martin eben noch sein Weinglas zum ausufernden Gestikulieren verwendet hatte. Ich wusste, dass er nicht so betrunken werden konnte, um nicht im richtigen Moment glasklar im Kopf zu sein.

Und, fragte er, wie läuft's.

Hm, sagte ich, ganz gut.

Du musst keine Angst haben, damit fertigzuwerden, sagte Martin.

Habe ich aber, sagte ich, und dachte an die Linie sieben, die bis zu dem Parkplatz durchfährt, auf dem mein Vater mit seinem Fiat steht und mir von innen die Beifahrertür aufstößt, der Platz, auf dem früher meine Mutter gesessen hatte.

Du musst mal aufhören, dich immer so schuldig zu fühlen, sagte Martin, mach doch mal dein Ding. In dem Moment krampfte sich mein Unterbauch zusammen. Statt zu antworten, machte ich nur ein paar gequälte Geräusche und schüttelte selbst dann den Kopf, als er fragend mit dem Zeigefinger auf eine bestimmte Flasche Rosé hinter mir deutete.

Bauchschmerzen, fragte er.

Ja, sagte ich. Zum ersten Mal, seit ich ihn kannte, schaute Martin mich mitfühlend an.

Ab nach Hause, sagte er, und ausnahmsweise hörte ich auf ihn.

Nach überstandener Pandemie*

Eine Pandemie ist unerquicklich, mühsam, und es erfordert Kondition und Einfallsreichtum, sie wieder loszuwerden. Gleichermaßen ist sie aber auch hervorragend geeignet, um sich selber, unsere Verhaltensweisen und die generelle Tektonik der Gesellschaft(en) zu überprüfen, und es bietet sich die extraordinäre Chance, liebgewonnene Trinkgewohnheiten zu hinterfragen und gegebenenfalls zu korrigieren.

Waren die zahlreichen Stay-at-home-Phasen allzuoft geprägt von schleichend-exzessivem Day-Drinking und wahllosem Durcheinandersaufen, sollten wir nach dem Ende einer solch durchrasierten Zeit nun unser Augenmerk wieder auf Fein- und Kleinteiliges lenken, denn, liebe Freunde: Ein neues Zeitalter der Achtsamkeit und Sorgfalt sollte nun Einzug halten in eine zuvor verkorkste Welt aus Schaum- und Nackenschlägereien.

Sophia und ich waren uns einig, dass es dringend an der Zeit war, folgende Sachverhalte zur gründlichen Überprüfung über Wert-, Sinn- und Nachhaltigkeit für das unsrige und das Leben anderer neu zu betrachten und ggf. die notwendigen Maßnahmen zur Korrektur einzuleiten.

Erstens: Glühwein. Zweitens: Schiffstaufe. Drittens: Cabernet Sauvignon. Viertens: Demut.

Gemeinsam mit meiner Band hatten wir uns Anfang 2021 eine gute Woche im schönen Lindau kaserniert, um uns in Ruhe auf die kommende Saison vorzubereiten. Runterkommen, proben, reden, trinken. Und so kam ich in diesen wundervollen Tagen der Entschleunigung in den Genuss, mich von der Chefin persönlich auf dem feinteiligen Lindauer Weingut Teresa Deufel über die modernen Ideenportfolien und Innovationen der jungen Winzergeneration aufklären zu lassen. Und wenn man dann nach hoch-

---

*   Weinempfehlung: Teresa Deufel »Cuvée Rot« (Deutschland)
    Kombinierbar mit: Tretboot, Kalk, BioNTech

intelligenten Exkursen über Nachhaltigkeit und veganen Bio-Anbau einen Solaris um die Ohren gehauen bekommt, dass einem vor Glück die Augen und Ohren leuchten, dann sollte auch der letzte Schlabberlappen begriffen haben, dass die Reise bitte so schnell wie möglich weg von seelenloser Massenproduktion und hin beziehungsweise zurück zu verantwortungsvollem Handwerk und nachhaltigem Naturschutz gehen muss.

Ich ermahnte Sophia und ihre Arbeitgeberin an diesem Abend ernsthaft und repetierend, sich den spritzigen Spannenlanger Hansel von Frau Deufel als antriebsfedernden Sundowner ganz oben ins Regal zu legen.

Nutzen wir diesen erzwungenen Neuanfang zur Innovations- und Traditionspflege, hegen wir die Betriebe, die verbrieft in der Lage sind, auch über einen langen Zeitraum unverhandelbar gute Qualität zu generieren. Denn die junge Vergangenheit hat uns gelehrt, dass wir uns offenbar immer wieder auf Stubenarrest einstellen müssen: Die nächste Pandemie kommt. Bestimmt.

Bei einsetzender Periode*

Mit einer Mischung aus Selbsthass und dem ironiefreien Versuch, die Welt, so wie sie ist, in Ordnung zu finden, gießen Sie sich ein Glas ein. Greifen Sie zu einem Wein, dessen Etikett etwas verspricht wie: *Lust und Laune, Genuss pur* oder *Ein Stück vom Glück.* Suchen Sie irgendjemanden, den Sie dafür zur Rechenschaft ziehen können, solche Trostpflaster wie Weine mit diesen Aufschriften in den Regalen dieses Landes zu verteilen. Rufen Sie dann einen Freund an, den Sie für einen weniger verbitterten Menschen als sich selbst halten, und werden Sie im Gespräch wieder etwas weicher. Wenn es sich anfühlt, als würden Gottes gütige Hände Ihre Gebärmutter auf einer Zitronenpresse ausquetschen, dann brauchen Sie diesen Wein, der wirklich hält, was er verspricht, ganz im Gegenteil zu den Frauen in der Werbung, die blaue Flüssigkeit in die Binde getropft bekommen und euphorisch verstrahlt in weißen Jeans herumhüpfen.

---

* Weinempfehlung: Ortenauer Weinkeller »Lecker & samtig« Rotwein Cuvée
(Deutschland)
Kombinierbar mit: der Streichung von § 219 A

Wenn der Akku leer ist*

Ich machte mir Kaffee und dachte, noch vierzig Prozent, ich arbeitete und sprach und lachte, und dachte, noch fünfundzwanzig, ich aß und rauchte und arbeitete weiter, der erste Schnee fiel, ein Weihnachtsbaum wurde am Marktplatz befestigt, noch elf, noch zehn, noch neun, ich hatte noch eine letzte, neue Beziehung angefangen und die Bachelorarbeit gerade so bei vier, und dann passierte genau das, was alle vorhergesehen hatten, ich selbst hatte das vorhergesehen, ich kannte es aus Büchern und Filmen und von Freunden, denen das passiert war. Ich wusste, es würde jetzt nichts bringen, das Ladekabel zu suchen, und ohnehin würde der Anschluss nicht mehr richtig passen, ich würde jetzt andere Wege suchen müssen, erst mal liegen bleiben und dann irgendwem davon erzählen und dann wieder mit Kräutertee anfangen und achtsamem Atmen.

Wenn der Akku leer geht, dann ist das Display schwarz, und nichts leuchtet mehr auf, wenn man auf den Home Button drückt, kein Anruf kann entgegengenommen und keine Nachricht mehr versendet werden, und der erste Gedanke ist, wo ist das Ladekabel, und der zweite, wie schön eigentlich, nicht erreichbar zu sein.

Ich träumte von meiner Mutter. In meinen Träumen lachte sie mich aus, und sagte, die These der Macht, du schreckst doch immer davor zurück, eine Wirkung zu haben. In meinen Träumen fuhr sie den alten Fiat in die Leitplanke. Das war nie passiert, dachte ich, als ich aufwachte, in all den Jahren ist immerhin das nie wirklich passiert.

Ich fühlte mich so unverbunden wie ein freischwimmender Kontinent, der nicht entdeckt werden wollte, und fürchtete mich vor dem Tag, an dem der Erste vor der Tür stand, und dann tat er es doch. Martin sagte, du siehst aus, als hättest du vergessen, dass es das Draußen gibt. Julia räumte den Kühlschrank aus und sagte, was nicht mehr gut ist, darf nicht mehr bleiben. Anna brachte diese Fla-

---

*   Weinempfehlung: Redbank Winery »Hundred Tree Hill« Shiraz (Australien)
    Kombinierbar mit: »No surprises« von Radiohead

sche Shiraz mit, den ich mir nie gekauft hätte, wegen dieser schlechten Ökobilanz, warum sollte da extra ein Schiff von Australien Wein hierherbringen, wenn ich auch Pinot Grigio trinken konnte oder Riesling von der Mosel. Anna sagte, mach dir mal keine Sorge um deinen ökologischen Fußabdruck, der ist grade nicht größer als der deiner Zimmerpflanze.

Der Wein schmeckte vermutlich dunkel, nach Lakritze und Schokominze, noch kein Sommerwein, kein Ladekabel, keine Powerbank, aber ein Wein, der, als er leer war und ich durch das grüne Glas bis auf den Boden schauen konnte, mich daran erinnerte, dass man Botschaften in Flaschen stecken kann, um sie an freischwimmenden Kontinenten anspülen zu lassen.

Rondò Veneziano in einem puffigen Theater in New Orleans

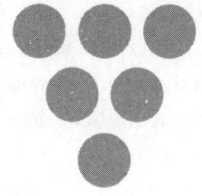

Da bist du ja wieder, sagt Birgit, als ich die Tür zum Bacchus öffne. Sieh an, sagt Martin, als gäbe es etwas zu sehen. Ich nestele an meinen Haaren, halblang, sage ich zu meiner Friseurin immer, und dann kürzte sie zweimal im Jahr um fünf Zentimeter.

Klar bin ich wieder da, sage ich und verschwinde hinter der Theke, gerade in dem Moment, in dem Martin andeutet, von seinem Hocker aus auf mich zuzukommen. Bevor er mich umarmen kann, habe ich schon wieder eine Hand in meiner Medikamentenschublade und eine andere an seinem Barbera.

Wie immer, frage ich.

Wie immer, fragt Martin zurück, und ich tue so, als wäre das eine Antwort gewesen. Sieben Tische sind besetzt, Schichtwechsel, Rike dreht Rondò Veneziano noch einmal auf und winkt mir zu, ohne meine Abwesenheit der letzten Wochen zu kommentieren. Heute ist Freitag, es gibt noch neunzig Minuten lang gratinierten Ziegenkäse in Honig-Thymian-Soße, Restsätze und zusammengeknüllte Servietten, die dann unter dem benutzten Geschirr verschwinden. Ich gieße Martin und mir einen Barbera ein und lächle ihm aufmunternd zu. Sooft ich mich bei ihm darüber beschwert hatte, eigentlich liebe ich es, diejenige zu sein, die auf die vierzehn Tische zusteuert und weiß, was auf der Karte steht und was es wirklich gibt und auch, dass nie ein Stuhl für mich frei gehalten wird. Eigentlich liebe ich die roten Hocker und meine Schublade mit Medikamenten und das Mahagoniholz der Theke.

Sieh an, sagt Martin noch einmal, als ich zwei Barolo auf mein braunes Tablett stelle, um sie an Tisch Nummer vier zu tragen.

Ich darf nicht mehr lügen, sage ich, ich wurde abgemahnt. Jetzt sieht Martin sogar von seinen Aktienkursen auf und schiebt seine Brille ein Stück nach oben. Nicht dein Ernst, sagt er.

Doch.

Letzte Chance, meinte meine Chefin vorgestern und hielt mich mit einer Hand an der Schulter fest, in dem Versuch, mir tief in die Augen zu blicken, allerletzte Chance. Ich habe nie geklaut, beteuerte ich, und für die letzten Wochen habe ich sogar ein Attest vom Arzt.

Ich glaube nicht, dass du klaust, erwiderte sie, ich glaube, dass der Vorrat an Rioja leer ist, obwohl er offiziell nur viermal abgerechnet wurde.

Bei ihrem Versuch, den Blickkontakt zu halten, verrutschte keine Strähne. Das Bacchus hat vierundsechzig Quadratmeter, meine Wohnung nur fünfundzwanzig, mir blieb nichts anderes übrig, als zu sagen, ist in Ordnung, ich habe verstanden.

Und jetzt, fragt Martin. Und jetzt, antworte ich und denke daran, dass sich mein Vater seit der Hochzeit nicht mehr gemeldet hat, dass ich hierbleiben oder jemanden kennenlernen kann, der nicht Kai heißt, um dann zurück ins Dorf zu ziehen oder endgültig die Uni abzuschreiben.

Ich denke daran, dass Anna mir die Rollläden aufgezogen hat und ich ihr versprochen habe, dass es einen Neustart geben wird, aber dass ich stattdessen wieder hier bin und so viel gelogen habe, dass alles, was jetzt noch stimmt, verheddert ist. Jetzt warten wir noch neunzig Minuten, sage ich, bis die letzten Gäste gegangen sind, und dann trinken wir Schnaps.

*

Alter, ich sag doch, ich vertrag kein' harten Scheiß. Wie viel Zeit war wohl vergangen?

Ich wusste bis grade gar nicht, was ein Willi ist, aber das knallt schon ganz gut, beschwor ich den lieben Herrn Gesangsverein.

Sophia schüttelte sich, ich war auch grade mal, ähm, somewhere over the rainbow, und ich fragte sie, warum sie die Musik ihrer Großeltern hörte, anstatt sich auf EDM die Vergangenheit aus den Knochen zu zappeln.

Love it, sagte sie und malte mit ihren Armen weiträumig einen Regenbogen. Einmal Satchmo mit Ella in 'nem puffigen Theater in New Orleans, und dann wie warmer Honig in die Sessel schmelzen. Würde da unser Professor Musikus etwa nicht dabei sein wollen? Ich rufe dich, Satan! Meine Seele gegen nur ein einziges Armstrong-Konzert!

Zwei Willi bitte, schrie ich in den leeren Raum, als müsste ich mich gegen den Lärm der Südkurve stemmen. Warum, zum Teufel, habe ich nix zu saufen? Und dann wieder leise: Ich find's eh geiler, wenn du mir die verrücktesten Unmöglichkeiten ins Hirn spielst, statt an meinen Blackboxen rumzupopeln.

Sophia klatschte mich ab. High five! Uuuuuiiiii! Käpt'n auf Brücke. Raum-Zeit-Kontinuum durchbrochen in 3, 2, 1 …

Red weiter, Mann! Lass laufen, du kleiner Spinner! Echt cute, ey!

Wenn Sie sich bei der Datumseingabe der Zeitmaschine mal wieder vertippt haben*

Fehler machen ist in Ordnung. Fehler zu wiederholen nicht.

Das letzte Mal als uns dieses Malheur passiert ist, landeten wir statt beim Champions-League-Finale 1962 zwischen dem AC Mailand und Benfica Lissabon bei der missglückten Enthauptung von Hélène Gillet am 12. Mai 1625 auf dem Marktplatz von Dijon, und zwar genau unter dem zusammengebretterten Podest des Scharfrichters dergestalt, dass, in dem Moment, als wir die Flügeltüren öffneten, nicht nur unsere ganze Garderobe, sondern auch die cremefarbenen Alpaca-Ledersitze der TM-01 bis in die letzte Ritze vollgesaut waren. Ärgerlich, denn die Maschine kam gerade frisch aus der Inspektion und – sie gehört ja noch nicht mal uns –, und uns war vollkommen klar, welches Donnerwetter uns zurück in Köln erwartete.

Wie wir alle wissen, überlebte die gute Hélène die Hinrichtung, da der offenbar viel zu aufgeregte Schwertführende auch den dritten und vierten Hieb nicht letal platzieren konnte und der verantwortliche Fritze vom Ordnungsamt die Veranstaltung unter dem belustigten Gejohle des eskalierenden Mobs entnervt abbrach. Nicht nur der Scharfrichter, der sich voller Scham in die Kapelle von Morimont geflüchtet hatte, sondern auch seine Frau, die ihm bei seinen wochenendlichen Kleinmassakern gelegentlich als Assistentin zur Seite stand und zunächst hysterisch versucht hatte, Hélène zu erdrosseln und dann mit einer stumpfen Schere zu erstechen, wurden von der aufgebrachten Menge gelyncht, während Hélène sich rasch von der ganzen Aufregung erholte und immerhin noch drei weitere Jahre auf der Erden Rund wandelte, bevor sie aufgrund einer schnüpfesquen Lappalie und den Folgen eines Behandlungsfehlers des örtlichen Quacksalbers verstarb. Aber das nur am Rande. Ihr

---

* Weinempfehlung: Domaine Faiveley »Gevrey-Chambertin« Village Vieilles Vignes (Frankreich)
Kombinierbar mit: BiFi vegan, Travel Mug, Lederpolitur

Blut an jenem vermaledeiten Tag jedoch – es floss und floss. Alles auf die Sitze. Was für ein Desaster.

Klar, alle nervös und zittrig. Dann kommt eins zum anderen. Schnell weg, hieß es, und in der Aufregung: Schon wieder vertippt! Der neuerliche, kleine Umweg auf dem Weg zum Finale nach Wembley war zugegebenermaßen unspektakulär und führte uns nach Michigan ins Jahr 1903 in den Wirtschaftshof der Timberlake Wire and Novelty Company, wo wir, wie uns erst Jahre später mitgeteilt wurde, die Erfindung des Kleiderbügels durch Albert J. Parkhouse nur um wenige Wochen verpassten. Ärgerlich!

Jetzt erst mal Alkohol, denn es ist eminent wichtig, die verbleibende Zeit bis zur Weiterreise möglichst exakt zu taxieren und vor allem die gute Laune zurück in die Reisegruppe zu tüddeln.

Reboot des zentralen Bordcomputers der TM-01, Sitze putzen, alle noch mal aufs Klo: Mit dreißig Minuten sind wir hier auf der sicheren Seite, und das wiederum ist die perfekte Zeitspanne, um eine gute Flasche spritzigen Rosé elegant und zügig wegzuzimmern. Achten Sie hier auf eine Flasche mit gutem Trinkfluss, und vor allem: Fackeln Sie nicht lange! Dann ist der Ärger bald verflogen, und leicht beschwingt geht's ab in die unaufgeregten Weiten des Raum-Zeit-Kontinuums. Zu Hause angekommen, entschieden wir uns für ein Schälchen veganen …

Ach, Sophia, ich weiß doch auch nicht. Das geht die ganze Zeit da oben im Kopf so rum, rum, rum.

Sophia lag mit geschlossenen Augen und lang ausgestreckten Armen und Beinen hinter dem Tresen und sagte: Hör nie auf zu reden, Mann! Hör nie auf.

Und ich: kein Problem, wertes Publiky. Pass auf. Wahre Geschichte. Ich schwöre.

Wenn ich zur Hölle darniederfahre[*]

Ich hatte einst das große Vergnügen, einen wundervollen Frühlingsbeginn während der Apfelblüte in Norditalien zu verbringen,
als ich den ganzen Mai als Tonmeister im Teatro Comunale di Bolzano mein uneingeschränktes Lieblingsstück *Die Dreigroschenoper*
betreuen durfte. Das Theater hatte mich wie viele andere Gast-
arbeiter auf den umliegenden Weingütern einquartiert, und ich be-
zog ein spartanisches Zimmer auf dem winzigen Weingut St. Magdalena. Dort wird auf einem einzigen Berg der St. Magdalena Wein
angebaut. Eine frische und süffige kleine Rakete von burschikoser
Leichtigkeit und perfekt als Sundowner geeignet.

Zum Sundownern wie auch zum Frühstück verkroch man sich
auf eine winzige Terrasse etwas abseits des Wohngebäudes – male-
risch von Reben zugewuchert und von außen daher kaum einseh-
bar. »Irgendwann komme ich hier mal zum Knutschen hin«, dachte
ich und habe es doch bislang nie getan.

Dort saß ich an meinem zweiten Arbeitstag bei der zweiten Tasse
Kaffee des zweiten Frühstücks – ein letztes Durchschnaufen vor Beginn der endlosen Probentage – und hackte die letzten Routing-
und Belegungspläne in mein nagelneues Notebook.

Für den Winzer war es eine wohl gar zu ungewöhnliche Zeit, den
Frühstücksbereich aufzusuchen. »Der wird doch nicht …«, dachte
ich, als ich die knallgelbe, meterhohe Fontäne durch die Rabatten meiner Ruhestatt schnell und bedrohlich auf mich zukommen
sah. Kaum den Ernst der Lage begreifend, prasselte eine sattfeuchte
Melasse eines schmierigen Glibbers auf mich und alles um mich
hernieder. Blickdicht gelb mein Frühstück, blickdicht gelb
mein Notebook samt analoger Unterlagen, blickdicht gelb auch ich.

In Photoshop hätte man flucks auf Apfel / Z gedrückt ob des
brachialen Fehlers – in der realen Welt ergab ich mich gelassen und
betont cool in mein Schicksal, wischte mir einen halben Liter Gelb

---

[*]   Weinempfehlung: Stiftskellerei Neustift, »St. Magdalener«, (Südtirol)
    Kombinierbar mit: dem Rösten von sulfidischen Erzen, Espresso Doppio, Maut

aus dem Gesicht und rief dem sichtlich erschrockenen Rebenknecht zu: »Was zum Teufel ist das?«

»Schweeeefel!«, tönte es zurück vom schon wieder davondonnernden Schmaltraktor im rasanten Schildkrötengang mit einer derartigen gesingsangten Leichtigkeit, die mir wohl die (seiner Meinung nach) vollkommene Unbedenklichkeit des Chemiebades beweisen sollte.

Sollte ich aber jemals vor dem Höllentor zur Rechenschaft gezogen werden, werde ich behänd ein Fläschchen des guten Magdalena-Weines zücken, es todesmutig dem Schnitter entgegenschwenken und jubeln: »Not today, Gevatter Hinkebein, denn ich bin immun gegen dein dampfendes Gift, das allem Leben ein Ende setzen will! And now go and fuck yourself! Ich hab 'ne Verabredung in Bolzano zum Lingerie-Shoppen!« Sodann werde ich auf einem majestätischen Wallach gen Sonnenuntergang von dannen reiten.

Nicht schlecht, lachte Sophia. Aber die ist nicht wirklich ... doch? Quatsch, krass! Plötzlich teilte sich der Boden in der Schankstube und ein markerschütterndes Beben erfüllte den Raum. Die Meißner-Putten schepperten aus den Regalen, und eine Horde zähnefletschender Bluthunde kroch aus dem glutkochenden, dampfenden Geröll. Sie durchstreiften den Raum, als suchten sie nach einem möglichen Hinterhalt, um sich im Spalier links und rechts zu formieren. Schon tönte eine Art Happy Tune aus dem Nirgendwo, die mich irgendwie an die Auftrittsmusik erinnerte, die erklang, wenn Rudi Carrell seinerzeit die Showtreppe heruntercroonerte, und der Raum wurde von einem wundersam angenehmen Duft erfüllt. Die Hundsköpfe neigten sich gen Boden, und vor uns stand: der Geist, der angeblich in den allermeisten Fällen stets verneint oder zumindest renitent das Gegenteil behauptet, sobald er das Gefühl hat, sein Geschwafel selber nicht mehr ernst nehmen zu können. Der Teufel!

Ok, ihr Lutscher, wer von euch Pappnasen war das mit dem weltweiten Religionsfrieden?

Mooooment, hob ich an, als plötzlich zwei der Hunde auf mich zusprangen und mich mit infernalischem Gebell auf meinen Barhocker zurückzwangen. Sophia bemühte sich um Haltung, polierte angestrengt ein Weinglas und sagte: Eins nach dem anderen, Kamerad. Dürfte ich bitte nur schnell den Impfnachweis sehen, wir haben hier immer noch 2 G? Danke.

Nadelstreifenanzug, akkurater blonder Mittelscheitel, gute Körperhaltung, gepflegte Fingernägel. Eine Mischung aus Christian Lindner und dem Bachelor. Spitze braune Lederschuhe wie aus dem letzten Berzbach-Blog, gesunde Zähne. Weder Pferdefuß noch Hörnergedöns. Von der äußeren Erscheinung ging das eher in Richtung Schwiegermutters Liebling als Höllenfürst, aber da kann man mal wieder sehen, wie man sich täuschen kann beziehungsweise was die Sandalenträger über zweitausend Jahre per stille Post für einen Mumpitz in die Geschichtsbücher salbadert haben. Er fummelte kurz in der Hosentasche nach der Luca-App und stieß sodann einen infernalischen Brüll Richtung Tresen, als er merkte, dass er Sophia auf den Leim gegangen war, und schleuderte mit hektischen Armbewegungen eine kleine Formation Feuerbälle, die wie durch Zauberhand aus seinen Fingern in unsere Richtung ähm … dingsten. Sophia duckte sich, und der schwere Mahagoni-Schrank, in dem sich die bauchigen Rotweingläser hinter ihr stapelten, zerfiel binnen Sekunden zu einem kümmerlichen Häufchen Asche.

Ok, er isses, sagte Sophia, und ich schob ein nun doch sehr verängstigtes Chill ma, Digger, das ist hier alles noch nicht abbezahlt, hinterher, und schon wieder sabberten mir die Hunde ihr Höllengeschnetzeltes entgegen.

Also okay, ihr Feierabendmissionare! Zum allerletzten Mal: Welcher todgeweihte Bastard war das mit dem verschissenen weltweiten Religionsfrieden, habe ich gefragt, denn für den habe ich hier exzellente Neuigkeiten. Es ist nämlich eine Tipptopp-Dauerkarte im Schlangenbad mit Standheizung frei geworden, und zwar für die ersten lächerlichen dreitausend Jahre, und dann geht's flottigaloppi weiter in die —

Und Bastard*innen, ergänzte Sophia, und schon ballerte Freund Hinkebein den nächsten Schwung Feuerbälle einmal quer durch den Raum, dass die ganze Hütte schon bedrohlich vor sich hin kokelte.

Ob es wirklich so eine gute Idee ist, mich veraaaaaaarschen zu wollen, geiferte mir der Teufel himself nun aus drei Millimetern Entfernung ins Antlitz. Ich versuchte kurz meine Schwefelimmunität aus den Tiroler Alpen und die meiner Ansicht nach damit in satanischen Belangen gültige Unverletzbarkeit zu erläutern, als ich bemerkte, dass einer der Hunde mir das linke Bein bereits bis kurz unterhalb des Meniskus abgeknabbert hatte. Also versuchte ich zu beschwichtigen: Vorschlag! Alle mal herhören! Wir haben hier grad noch ne exzellente Pulle Barolo offen. Sollen wir nicht erst mal einen kippen und dann die Sache noch mal in Ruhe durchgehen und auf eventuelle Sollbruchstellen abklopfen oder Dinge, die im Eifer des Gefechts schnell mal außer Kontrolle geraten aka Feuerbällchen (ich nickte dem Dude mit väterlichem Ernst zu) und die wir dann morgen ggf. bereuen würden? Bruder! Du warst doch sicher auch den ganzen Tag schon unterwegs. Mach ma 'n Päuschen, und baller dir einen, dann sieht die Welt schon wieder ganz anders aus. Sophia, hol doch mal das Wasserschälchen für die Hunde, und drei Laugenbrezeln sind auch noch da. Zwar von gestern, aber immerhin.

Brother of Verdammnis musterte mich einige ewige Sekunden lang Augapfel an Augapfel, ließ plötzlich ab von mir und sprach mit nun deutlich ruhigerer Stimme: Ist was dran, Hombre. Ein gutes Gläschen hat noch keinem geschadet, und ich müsste sowieso mal 'n bisschen Elektrolyte nachladen. Die gehen beim Zeitreisen immer als Erstes flöten. Seine Brüllerpointe, die Ewigkeit läuft ja nicht weg, sorgte für allgemeine Erheiterung wie Erleichterung im Raum.

Ja, da sagen Sie was, lächelte Sophia unsere akute Notlage schön und sorgte mit: schlimmer als hier unten zu malochen, wird's schon nicht werden, für den nächsten Schenkelklopfer.

Jahrgang?, sprach der Höllenfürst, und ich antwortete wie aus der Pistole geschossen: zwoneunzehn! Was glaubste, wo du hier bist? Wir duzen doch? Nur der heiße Scheiß am Stissl in diesem werten Etablissement. Wir machen hier keine Gefangenen, und schon wieder brachen alle Angekokelten in schallendes Gelächter aus, derweil die Hunde sich am Wassernapf labten und sein Chefkläffer glücklicherweise darüber von meinem Bein abgelassen hatte. Ich verband die Wunde notdürftig mit ein paar Stoffservietten und zeigte fordernd auf mein leeres Glas in Richtung Sophia, denn auch unser Gast hatte mittlerweile ein frisch poliertes Zwiesel vor der Nase und wartete, dass Sophia endlich eingoss. Hopphopp, jetzt erst mal gut Stöffchen für alle. Keine Bange! Davon hab ich hinten noch einiges an Nachschub, damit kriegen wir den Abend locker rum.

Alter Gestalter, ein Zwoneunzehner. Ich weiß noch genau, wie wir uns den in Wuhan in der Hafenbar geschossen haben. Potztausend, der Abend nimmt Form an! Luzi stand kurz auf, um nach den Hunden zu sehen, und füllte ihnen liebevoll auf der Damentoilette den Wassernapf nach. In ebenjener unbemerkten Sekunde goss Sophia ihm Sauvignon, der von vorgestern noch offen rumstand, ein, statt des wertvollen Barolos. Dabei warf sie mir einen kecken Zwinkerer zu und schnippte zweimal mit den Fingern. Der Teufel kam zurück an den Tresen, erhob sein Glas und toastete uns zu: Nix für ungut, ihr Lacknasen. Ich mach hier auch nur meinen Job. Er nahm einen großen Schluck und ließ den Rebensaft zweimal durch den Mund sprudeln, bevor er gierig schluckte, die Augen verdrehte und kurz darauf mit einem unaufgeregten Gezischel und einem anschließenden leisen Plopp zu Staub zerfiel.

Stille. Die Turmuhr schlug zwölf.

High five, sagte ich zu Sophia, und wir klatschten wie beiläufig die Hände über unseren Köpfen ineinander, während die Hunde winselnd und mit eingezogenen Schwänzen im Schacht verschwanden, der sich umgehend und mit grummeligem Geblubber wieder schloss.

Sophia schlenderte zum Laptop und klickte die Gleich-ist-Feierabend-Playlist.

Ja wir sind
Übermüdet und betrunken
Doch das gehört ja auch dazu
Und ich bin überwältigt von der Schönheit
Dieses Morgens

Nevis tönte aus den Boxen.

Wir starrten eine Weile in unsere Gläser und nahmen dann müde den letzten Schluck.

Machste nix, sagte Sophia. Kommste morgen rein? Ich hab spät.

Fifty-fifty, maulte ich. Morgen Umsatzsteuer. Da hab ich dann abends oft einfach keinen Bock mehr. War auch echt 'n bisschen viel Rotweingeballer die letzte Zeit. Weißte ja. Sophia, ich geh heim.

Wenn man den Mindestbestellwert nicht erreicht*

Ich sah Martin erst siebzehn Tage später wieder. Er schlurfte kurz vor Ladenschluss durch das Bacchus, schob sich an die Theke und deutete auf die Weinkarte. Ihr habt neu aufgefüllt, oder. Martin sah anders aus, nicht alt, aber müde.

Ja, sagte ich, natürlich. Ich verharrte an der Spüle und versuchte, ihn nicht fragend anzuschauen.

Chill mal, sagte er, war doch nur eine Woche.

Nein, sagte ich, es waren siebzehn Tage.

Ich hatte den Stunden ihre Ereignisse abgerungen, die Tatsache, dass Zeit verging während dem Schlafen und Essen und Reden und Spazierengehen, war schon eine Rettung gewesen.

Ich konnte irgendwie niemandem davon erzählen, sagte ich.

Hm, machte Martin.

Weißt du, ich habe keine Lust, mich geirrt zu haben, dass sich über die Zeiten doch zwischen uns etwas entwickelt hat, was da ist, aber nie an dem anderen zieht und doch hält.

Er atmete tief ein. Nickte. Isso.

Ich spürte eine Wut in mir hochkochen, weil es für ihn einfach normal war, dass ich hinter dieser Theke stand, weil er sich gar nicht wunderte, was ich wohl alles in der Zwischenzeit unternommen hatte, um die Selbstverständlichkeit hinter mir zu lassen. Eine Scham darüber, von ihm genau dort vorgefunden zu werden, wo er mich erwartet hatte, dickte ein.

Ich stand abwartend vor ihm, als wäre eigentlich er der Kellner, ich wollte einen Trost bestellen, wie einmal, als ich vor Liebeskummer wegen Kai den Kopf auf die Theke geschmissen habe, und er mir tröstend eine Hand auf den Rücken gelegt hatte und meinte, Sophia, es ist alles gut, wir kennen einander.

---

*   Weinempfehlung: Dexheimer, Biebelnheimer Rosenberg, Regent Auslese (Rheinhessen)
    Kombinierbar mit: Salto Mortale, Alba Emoting, einem Anpfiff

Ich hätte gerne, sagte ich, den gleichen Trost noch einmal.

Ich auch, sagte Martin. Minus und Minus gibt Plus. Ich hätte gerne einen Barbera. Und du hättest auch gerne einen Barbera.

Wortlos drehte ich mich um und griff den Barbera aus dem Regal, aber erst, nachdem ich die letzte Runde durch den Raum gemacht hatte. In den letzten Tagen hatte ich versucht, Anna davon zu erzählen, aber Anna war in irgendeiner zweiten Klasse im Funkloch gesessen und hatte nur zurückgebrüllt, pass auf, ich rufe dich zurück, wenn ich angekommen bin, aber dann hatte sie sich doch nicht mehr gemeldet und mir vier Tage später ein Meme über *Fuckboys* weitergeleitet.

Ich war mit Julia am Rhein spazieren. Es gibt einen Stammgast, sagte ich, der kommt grad nicht mehr.

Und, sagte sie, das beschäftigt dich. Ich nickte.

Aber warum denn, fragte sie, bei einem Stammgast, lief da was? Nein, sagte ich, und sie antwortete, na dann.

Aber es ist was passiert, letzte Woche, wir haben was zusammen erlebt.

Was denn, fragte sie, grinste und hob eine Augenbraue, auf der Theke?

Da lief nichts, wiederholte ich, stockte dann aber, es gibt Ereignisse, die kann ich nicht erzählen, das fing an, als meine Mutter mich mit dem Auto zur Grundschule fuhr und währenddessen mit ihrer Freundin telefonierte und sagte, Jutta, ich hab aber auch schon ordentlich einen im Tee. Davon wussten auch immer nur Jutta und ich, dass meine Mutter morgens ordentlich einen im Tee hatte, und wenn Jutta zu uns kam, wuschelte sie mir durch die Haare und sagte, magst du mal in dein Zimmer spielen gehen, die Mama und ich sind gerade im Gespräch.

Wie spricht man denn die Elefanten an, fragte ich mich, und ob das schon eine *red flag* gewesen war, dass Kai am liebsten Giraffe, Erdmännchen & Co mittags um eins auf dem Laptop schaute und dass ich in seiner Verlaufssuche *Christian Lindner Sommersprossen* gefunden hatte.

Warum warst du auf der Homepage von Christian Lindner, hatte mich Kai kurz darauf gefragt, was hast du mit dem zu tun.

Nichts, sagte ich, und du.

Auch nichts, hatte er erwidert und sich letzte Woche weggedreht, als ich ihn in der Einkaufspassage beim Stand der FDP mit Flyern gesehen hatte.

Ich hatte mal was mit jemandem, sagte ich zu Julia, während wir den Schiffen auf dem Rhein hinterhersahen, der jetzt Flyer für die FDP verteilt.

Ich hoffe, ihr habt verhütet.

Klar, sagte ich, hast du noch nie das Gefühl gehabt, dass hinter Lindner etwas Teuflisches steckt, ich glaube, Lindner weiß, welcher Typ hinter den Enkeltricks an den Festnetzanschlüssen alter Menschen steckt, ich glaube, sie duzen sich.

Na ja, sagte Julia, da habe ich jetzt noch nie so drüber nachgedacht.

Weil, ich schraubte die Flasche Weißwein auf, die ich in meiner Jutetasche spazieren trug, Christian Lindner ist jemand, der Träume finanzieren möchte, der tatsächlich die Wörter *Traum* und *Finanzen* noch in einen Satz packen kann, der Telefongesellschaften an den Markt begleitet hat, weißt du vielleicht, was Telefongesellschaften sind und was der Markt genau sein soll, ich habe immer Angst, dass er abhebt, wenn ich dich anrufe, um zu fragen, ob du mir noch mal zweihundert Euro leihen kannst, am Ende des Monats.

Du kannst mich immer anrufen, sagte Julia, das weißt du, aber du willst doch jetzt nicht wirklich über Lindner reden.

Na ja, sagte ich, irgendwie doch, jedenfalls lehnte Kai vor ein paar Wochen am FDP-Stand und himmelte ein Wahlplakat an und meinte, das ist mir zu wenig progressiv, mit den Grünen, ich hab's nicht so mit der Verbotspolitik.

Das ist doch ein Symptom, sagte ich zu Julia, weil er sich selbst nicht die sexuelle Freiheit erlaubt, du weißt schon, in der anderen Richtung. Ich nahm einen großen Schluck aus der Flasche und reichte sie Julia hinüber, komm, sagte ich, ich hab auch schon ordentlich einen im Tee.

Ich habe jedenfalls die Grünen gewählt, sagte sie, aber ich kann nicht trinken, sie streckte beide Hände in die Luft und grinste, ich bin schwanger.

Martin nippte an seinem Barbera und kritzelte in seine Kladde, als wäre er nie weg gewesen. Er schob mir das noch fast volle Glas zurück über den Tresen und sagte, ich kann die Scheiße nicht mehr seh'n. Einen von der Monatskarte. Und bitte ohne Rückfragen.

Ich reinigte die Kaffeemaschine und staubte die Flaschen im obersten Regal ab, bis Martin fragte, wo ist denn eigentlich mein Freund, Herr Hagen.

Der ist jetzt Praktikant bei der Vogelwarte Helgoland.

Nicht wirklich, sagte Martin.

Doch, sagte ich, und Julia ist schwanger.

Glückwunsch, sagte Martin, an beide. Darauf tranken wir und er streckte mir ungewöhnlich feierlich sein Glas entgegen.

Ich schraubte mir eine neue Flasche Wein auf.

Seit wann trinkst du so eine liebliche Zuckerplörre?

Ich nahm einen tiefen Schluck.

Seitdem du hier nicht mehr auftauchst.

Pass auf, sagte Martin. Manchmal kann man sich's einfach nicht backen. Sorry, dass ich dann einfach mal ein bisschen nach innen geschraubt bin. Friede, ok?

Friede. Jetzt komm, Mr. Grumpy. Was zum Teufel ist passiert?

Gibt Sachen, die sind, weißt schon. Die sind halt unerzählbar. Is' nix Schlimmes, versprochen. Hab halt nur kein Bock das hier lang und breit auszukneten.

Schau mal: Wem zum Bespiel willst du das mit dem Teufel erzählen? Muss was klären, end of fuckin' list.

Er tippte auf seinem Display herum, ich bestelle uns noch was zum Essen, magst du was haben, sonst erreiche ich den Mindestbestellwert nicht.

Nein, ich habe keinen Hunger.

Come on, sagte er, was Kleines?

Ich habe wirklich keinen Hunger, sagte ich und leerte mein Glas, ich habe vorher schon gegessen. Martin legte sein Handy weg, schloss die App, zuckte mit den Schultern, vertiefte sich wieder in seine Kladde und sagte, so dringend ist jetzt auch nicht.

Beim Scuba Diven*

Im Dezember 2011 führte eine 28-jährige Frau mit stattlichen 3,34 Promille aus Chemnitz des Nächtens ihr Meerschweinchen Gassi und klammerte sich schließlich, offenbar aufgrund eines überraschend einsetzenden Orientierungsverlustes, an ein parkendes Auto und berichtete der wenig später eintreffenden Polizei, von selbigem angefahren worden zu sein, obwohl Opfer und Blechhaufen als gänzlich unbeschadet von den geduldigen Ordnungshüter*innen aufgenommen wurden.

Nun, liebe Freunde, Alkohol ist eine ernste Sache und fordert Jahr für Jahr in zum Teil hässlichster Manier zahlreiche Opfer. Wir müssen hier sicher nicht lange diskutieren, dass wir in einem Kulturkreis des gehobenen kavaliersdeliktalischem Gesellschaftsalkoholismus leben. Wie viele dämliche Jahrzehnte verdammt noch mal haben die Weißwurstlobbyisten und andere Pomadepatriarchen Heerscharen von Schmerzpatienten eine verbrieft wirksame und nebenwirkungsfreie Cannabistherapie nicht nur vorenthalten, sondern gleich noch sauber und gegen jedwede wissenschaftliche Erkenntnis aufs Lächerlichste durchkriminalisiert, um sich abends im Wirtshaus um Kopf und Kragen zu saufen? Nun ja, wenigstens in diesem Punkt sind wir einen kleinen Schritt weiter. Sechshundert Alkoholvergiftungen in zwei Wochen Oktoberfest, der geschätzte Pro-Kopf-Verbrauch an Alkohol liegt in Deutschland bei circa zehn Litern im Jahr (immerhin vier Liter weniger als noch 1970), und die Folgekosten für das Gesundheitssystem werden auf zwanzig Milliarden Euro geschätzt. 2020 wurden sagenhafte 2,3 Milliarden Euro an Alkoholsteuern eingenommen, und so scheint auf wundersame Weise der Kreislauf zwischen Genuss, Rausch und Umsatz geschlossen. Das könnte man jetzt als veritablen und eigenverantwortlichen Betäubungshedonismus der

---

*   Weinempfehlung: Unterwasserwein – Sea Soul No. 4 Vino Submarino
    Syrah Crusoe Treasure
    Kombinierbar mit: Perso verbrennen, Kleintierkommunismus, Blutwäsche

Wohlstandsgesellschaft abtun, würde uns das süffisante Lächeln darüber nicht angesichts der Zahlen über häusliche Gewalt, Verkehrsopfer, Depressionspatienten und durch Alkohol nachweislich katalysierte Suizide quer durch alle Generationen im Halse stecken bleiben. Nach wie vor wird der berühmte Schluck zu viel als Generalamnestie für pseudohumoristische Schenkelklopfer und andere Entgleisungen durchgewunken. Die Twilight-Zone der Metamorphosen vom genussvollen Rotweinnippen bis zum asozialen Totalausfall ist weich wie Butter und wartet nur darauf, bis der nächste Vergnügungssüchtige in ihrem heliamphorischen Trichter kleben bleibt.

Ich habe zu Studiumszeiten mit meinem Freund Henning am beziehungsweise im Roten Meer erfolgreich den Scuba-Open-Water-Tauchschein absolviert. Beim Tauchen lernt man als unverzichtbares Sicherheitsprinzip unter Wasser das Buddy-System. Heißt: Tauche niemals allein, sondern immer (mindestens) zu zweit. Jeder Lungenautomat (das Gerät, durch das aus der Flasche unter Wasser der Sauerstoff geatmet wird) verfügt über einen zweiten Rüssel, den sogenannten Oktopus. Gerät nun unerfreulicherweise einer der Buddys in Not und es geht jemandem in der Tiefe die Luft aus, können Sie ihm somit kinderleicht aus der Patsche helfen aka erfreulicherweise das Leben retten. Lassen Sie uns das Buddy-System mitnehmen in unsere scheinbaren Genusswelten und ihre systemimmanenten Gefahren, auf die wir offenbar weder verzichten können noch wollen. Und wenn Sie Ihren Buddy / Ihre Buddyline in Not sehen, weil die Dinge, in welcher Form auch immer, aus den Fugen geraten – handeln Sie. Somit möchte ich diese Zeilen inmitten einer strunznaiven Rotweinpropaganda als ernst zu nehmenden Beipackzettel und Warnung über einen hinterhältigen Charmeur en Promille verstanden wissen. Dann kommen wir da im besten Fall heile durch, und das Meerschweinchen kriegen wir auch wieder irgendwie sicher nach Hause ins Körbchen geschaukelt. #protecttheonesyoulove

Auf der Rückseite etwas wiedererkennen

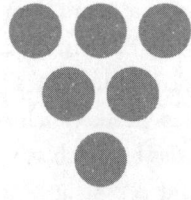

Martin war nicht mehr da, und für mich war das in Ordnung. Martin ist einfach nicht mehr aufgetaucht, nicht am nächsten Dienstag und nicht am nächsten Donnerstag und nicht am Montag darauf, er kam nicht wieder zurück ins Bacchus, auch nicht, als ich meinen Schichtplan zuerst verdoppelte und anschließend kündigte. Einmal habe ich Birgit noch gefragt, ob sie sicher keine Überwachungskamera installiert hätte, auf der man sowohl den roten Barhocker in der Ecke am Fenster als auch die Schublade mit dem Wechselgeld im Blick gehabt hätte.

Nicht in dem Winkel, erwiderte sie, die Kamera ist hinter dem In-Vino-Caritas-Schild.

Tja dann, sagte ich und kickte noch einmal gegen das Bein des Hockers, bevor ich den Laden verließ, wo hätte mein Fuß sonst anstoßen sollen.

Ich war unsere Gespräche im Kopf noch einmal durchgegangen, ich hatte die Filmrisse zusammengepflastert und bis zur Umarmung zurückgespult, aber was blieb, waren nur Annas Besuche und ihr Batik-Haarband und ihr fröhliches Gelächter, als sie mich doch einmal zurückrief und sagte, das mit dem Teufel, jetzt lügst du aber.

Ich lüge nicht, sagte ich, meistens auf der Spüle einer Freundin oder auf einem Plastikstuhl im Café. Ich blieb jetzt länger sitzen, ich lehnte mich nicht mehr ins Geschirr und mied die Seitenstraße und das mit der Uni, das hätte ich schon auch noch mal gerne mit Martin besprochen, und wer ihn angerufen hatte in manchen Nächten und wen er wegdrückte, und ob ich mich jetzt in seiner Blackbox befand, von der er manchmal gesprochen hatte.

Und der kommt jetzt gar nicht mehr, Dings, fragte Anna nur einmal, wie hieß er noch.

Martin.

Genau, sagte Anna, wie ist das für dich.

Na ja, sagte ich, das ist in Ordnung.

Mir geht's gut, sagte ich zu meinem Vater ein paar Tage später, als ich mit ihm und Susanne im Wald spazieren ging, um den Borkenkäferbefall zu kommentieren. Ich hätte besser aufpassen sollen, als sie mir zum ersten Mal von den Einbohrlöchern erzählten und den trockenen Baumwipfeln, ich hätte genauer hinsehen sollen, um zu verstehen, wie man die Äste zu sich heranzieht, die Blätter umdreht und auf der Rückseite etwas wiedererkennt.

Martin hatte mir aufgeschrieben, was man tun muss, wenn man jemanden verliert, aber was brachten mir die zwei Blätter aus seiner Kladde, die er unter den Barhocker gefaltet hatte, damit der aufhörte, zu wackeln. Das konnte nicht der richtige Weg sein mit dem Wein, wenn er gar nicht mehr auftauchte und mir es draußen auch nicht besser ging, das konnte nicht der richtige Weg sein, aber es war der einzige, den ich handschriftlich hatte.

Bei einem Verlust*

Ich habe nie direkt nach Martin gesucht, aber ich war immer etwas enttäuscht, wenn ich den ganzen Tag lang durch die Stadt schlenderte, und er mir an keiner einzigen Kreuzung zufällig über den Weg lief. Ich stand etwas länger vor den Weinregalen im Supermarkt, weil ich dachte, wenn das mit dem Ex-Freund klappt, dann vielleicht auch mit einem Stammgast, aber Martin tauchte nicht plötzlich auf und suchte auch keinen Kleinen Schwarzen heraus, also ging ich mit zwei Flaschen zum Ausgang, erinnerte mich an meine EC-Karten-PIN und lächelte beim Zahlen die Kassiererin an. Ich erweiterte meine Routen, zuerst war ich nur in meinem Viertel unterwegs, dann auch in Stadtteilen, in denen ich nie zuvor gewesen war.

Wie lange wohnst du hier schon, lachte Julia, als ich sie einmal auf einen meiner Streifzüge mitnahm, warum können wir uns hier noch verlaufen. Die Frage ist eher, dachte ich, seit wie vielen Jahren ich nicht weggezogen bin.

Woanders bin ich nicht mehr in der Nähe meiner Eltern, woanders bin ich nicht mehr in der Nähe eines Dorfes, das zum Vorort einer Stadt gehört, von der ich immer behaupte, in ihr aufgewachsen zu sein. Nicht auf den Feldwegen nebenan, nicht auf dem Rücksitz eines Fiats, von dem ich eine Kindheit lang auf die grünen Hügel und den grauen Himmel gesehen habe.

Ich glaube, ich muss bald ausziehen, sagte ich, immer warte ich darauf, dass meine Vermieterin im Gang steht und irgendetwas dort vergessen hat, obwohl sie gesagt hat, dass sie es nicht mehr tun wird.

Und, hat sie es noch mal getan, fragte Julia.

Nein, seit einem halben Jahr nicht mehr, aber erwarten tu ich es halt immer noch. Ich habe keine Lust mehr auf Leute, die etwas vergessen haben und dann einfach zurückkommen können, um es sich wiederzuholen.

---

*   Weinempfehlung: Rasgón, »Tempranillo«, halbtrocken (Spanien)
      Kombinierbar mit: Dauerschleifen, Flaschenpost, Rosenverkäufern

Klar, sagte Julia, wir ziehen auch um, wir brauchen jetzt was Größeres.

Hast du die doch noch gefunden, fragte sie, als ich Martins schwarze Kladde aus dem Rucksack zog und ihr in die Hand drückte, ich hatte die seit Wochen mit mir rumgetragen, weil ich immer dachte, er würde sie noch mal wiederhaben wollen.

Ist das der Typ mit Christian Lindner, fragte Julia, und streichelte sich über den Babybauch.

Nein, sagte ich, das war der Stammgast. Ich räusperte mich, das Wort passte nicht zu Martin, Stammgast klang wie eine zerdrückte Tube Bepanthen, die immer da ist, wenn man sie braucht, selbst nach dem Ablauf des Mindesthaltbarkeitsdatums, aber Martin war ein Streuner, der sich ab und zu in Seitengassen umschaute, um sich zu versichern, dass niemand ihm über längere Strecken folgte.

Ui, sagte Julia, als sie die Kladde durchblätterte und Martins Handschrift betrachtete, die Rückkehr der Vögel, die Alien-Apokalypse, die zweite Hochzeit meines Vaters und sogar die Geschichte, die Herr Hagen uns betrunken geschenkt hatte – vieles hatte Martin aufgeschrieben.

Es gehört mir eigentlich auch, sagte ich, jedenfalls zur Hälfte, weil wir die Weine alle gemeinsam getrunken haben.

Und das Heft will er nicht wieder? Fragte Julia.

Ich glaube nicht, sagte ich, sonst hätte er mich doch gefunden.

Sie gab mir die Kladde wieder in die Hand, und jetzt fragte sie.

Jetzt, sagte ich, jetzt tippe ich das ab.

Wenn du im Posteingang deines Elite-Partner-Accounts ein Anschreiben von Christian Lindner findest*

»Hey ho! Hola! Na? Mein Name ist Christian, aber meine Freunde nennen mich schlicht Chris. Ich kann hier leider, da ich der Spitzenpolitiker einer dynamischen Volkspartei bin, meinen vollen Namen aus Sicherheitsgründen nicht nennen, aber vielleicht hast du ja schon mal von den fancy Zielen über klimagerechten Wohlstand und dem Slogan *Probleme sind nur dornige Chancen* gehört. Da kann man schon ein wenig erahnen, wo der Hase bei mir lang läuft (Zwinker-Smiley). Mir steht der gediegene Nadelstreifenanzug genauso wie Vans und Shirt. Als jung gebliebener Dude trage ich einen offensiven Umgang mit meinen Überzeugungen zu Quick Freeze und Entfesselungspakten stolz nach außen und artikuliere mich gerne in einem, vielleicht merkt man es ein bisschen, akkuraten und variantenreichen Deutsch. Ich möchte mir in Zukunft noch ein paar crazy Träume erfüllen und fühle mich fit und agil. Ein Bungee-Jump sowie eine Doktorarbeit im Bereich *Brandherd Golfregion* stehen auf der Bucketlist. Machst Du mit mir die Häkchen dahinter, fremdes Wesen?«

---

* Weinempfehlung: Guado al Melo, »ATIS« Bolgheri Superiore (Italien)
Kombinierbar mit: Tempo, Dynamik, Frisur

Bei akuter Vermissung*

Vermissungen erster, zweiter und dritter Ordnung holen uns ein wie ein unaufhaltsam repetierendes Naturgesetz. Schwer wie Blei, kalt wie Stein.

Die Vermessung von Zuweitweg ist meist exakt in Kilometern darstellbar und in den greifbarsten Fälle durch einen schnöden Ozean, einen (oder eben zwei) Kontinent(e), absurd viele Flugstunden oder den Ritt über die grausamen Alpen auf einem wunden Klappergaul definiert, aber seien Sie auf der Hut! In schwierigen Fällen liegt die Summe aller ozeanischen Flugstunden dünn und zerbrechlich zwischen zwei ruhenden Körpern dicht an dicht wie ein marodes Stück Pergament, auf dem bereits *Abschied* steht. Genießen Sie bei einem glasklar definierten weißen Pölicher die Erkenntnis über die Existenz von Distanzen, und überlegen Sie mit Ruhe und Achtsamkeit, wie Sie diese, wenn gewollt, verringern oder gar eliminieren können. Verknappung, Vermissung, Konsum. Drei elementare Säulen der Wertschätzung, Pflege und gegenseitigen Rücksichtnahme.

»Mal biste da, mal biste hier / Ich schreib jetzt wieder auf Papier / damit ich mich noch möglichst lang / auf deine Antwort freuen kann«, schrieb ich einst in ein Vermissungslied und habe noch heute das Kratzen des Füllers auf der geduldigen Textur der Kladde im Ohr.

---

*   Weinempfehlung: Kanzlerhof, »Pölicher Held« Riesling Kabinett (Deutschland)
    Kombinierbar mit: Blut, Schweiß, Tränen

Danach*

Draußen Nieselregen und Glühwein für sieben Euro, inklusive Pfand. Draußen war es bis vor Kurzem noch Herbst und davor Sommer, der wärmste Sommer des Jahrhunderts mit dem regenreichsten Juni seit Beginn irgendwelcher Aufzeichnungen, sagt der Push der SZ. Drinnen gibt es eine neue Bedienung und Roulade auf Wirsing-Möhren-Gemüse bis einundzwanzig Uhr. Ich lasse mich auf den Hocker am Fenster fallen und lege meine Jacke daneben ab.

Die neue Bedienung heißt Freya, wie ich vor einigen Tagen einem Facebook-Post der mehr als altruistischen Seite des Bacchus entnahm, die davon erzählte, dass Birgit immer noch nicht den Unterschied zwischen einem # und einer @-Verlinkung verstanden hatte. Freya ist kleiner als ich und schneller, als ich es war. Bevor ich meine Unterarme auf dem Tresen abgelegt habe, ist sie schon bei mir. Sie schaut an mir vorbei, poliert die Gläser. Ist das ein Wetter, was? Schon entschieden? Einen ganz feinen Barbera hätten wir da frisch reinbekommen. Haben wir ganz neu auf der Karte. Ist der Renner dieser Tage und wird vom Stammpublikum sehr gut angenommen. Kann man nichts falsch machen. Ein Glas? Null eins oder Null zwei?

Gerne, sage ich. Sie trocknet ihre Hände an ihrer Schürze mit dem Bacchus-Logo aus Trauben und Puttenärschen ab, die ich zu tragen stets verweigert hatte, platziert zunächst einen Untersetzer mittig vor mir, um dann mit einem munteren Schwung das nicht ganz bis zum Eichstrich gefüllte Glas mit den Worten, da ist das gute Stück, na denn man Tau, abzusetzen. Ich starre eine Weile vor mich hin. Ich nehme das Glas und setze an, rieche, stelle den Kelch zurück auf den Untersetzer, schiebe ihn wenige Zentimeter

---

*   Weinempfehlung: Cascina Radice, »Barbera Piemonte« (Italien)
Kombinierbar mit: einer Zugluftrolle, einer Wärmflasche, einem frei
bleibenden Stuhl

in Freyas Richtung, verschränke tief die Hände in meinem Schoß und sage, ohne wissen zu wollen, ob sie mich hört oder nicht: Das ist nicht der Barbera.

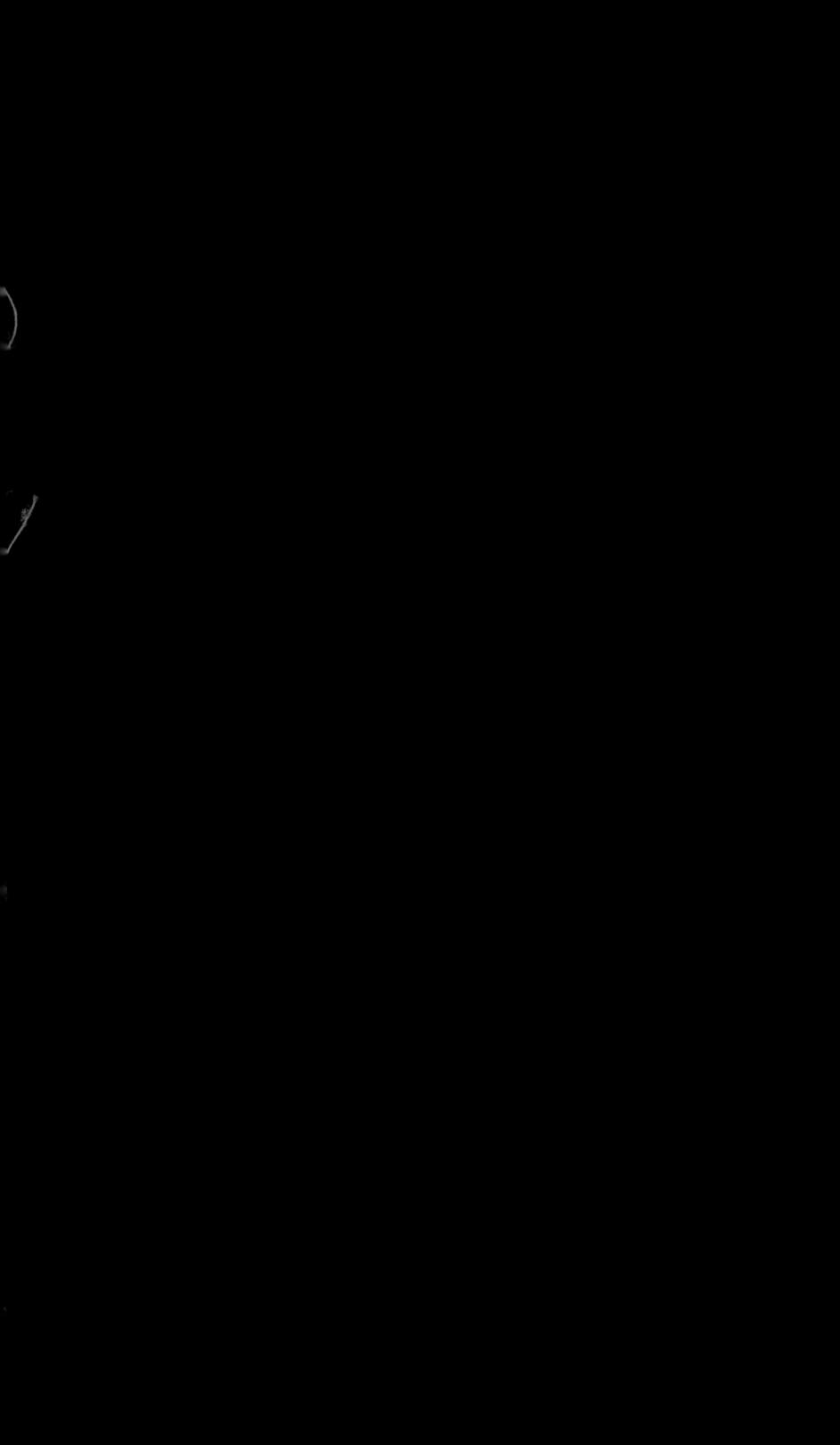

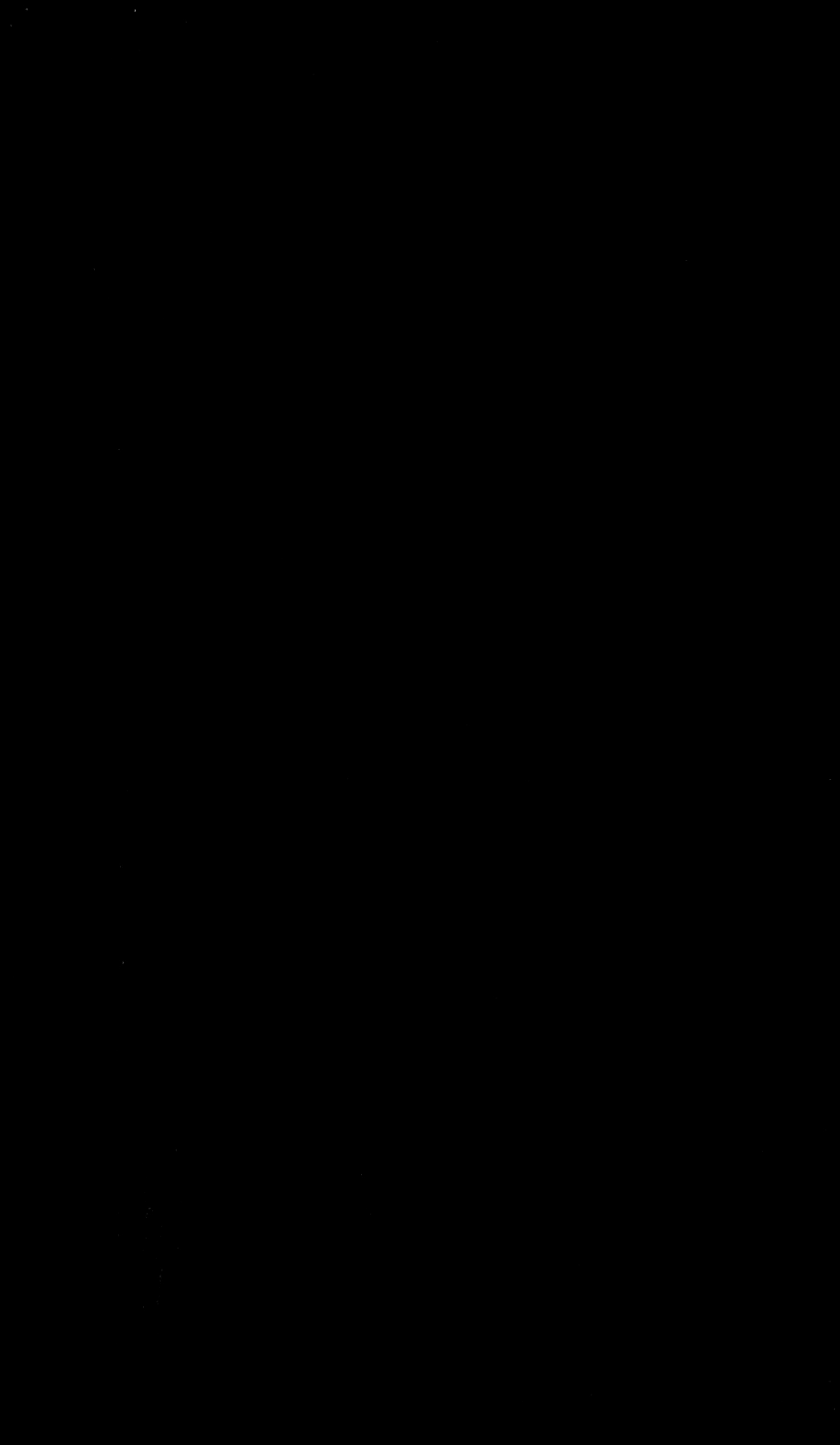